Juan José Sánchez Milla

El templario negro.
Las crónicas de Fernando de Arienzo

Imagen de portada: "Templarios. En una representación histórica".
Fotografía de Giancarlo Gallo

1ª Edición
© Nombre Apellidos Juan José Sánchez Milla, 2022
Corrección del texto: Álvaro David García Martínez

Impresión y edición por BoD – Books on Demand
info@bod.com.es – www.bod.com.es
Impreso en Alemania – Printed in Germany

ISBN: 978-8-4137-3824-6

Este libro está dedicado

A Miguel Sanz Bou, que ha sido para mí,
el hermano mayor que nunca tuve.

A Álvaro García Martínez, que ha sido el hermano
pequeño que uno siempre querría tener.

NOTA DEL AUTOR

Los antecedentes históricos que aparecen en esta novela son auténticos en un sentido amplio, aunque la mayoría de los personajes son de ficción. Cualquier parecido con personas reales, vivas o difuntas, son pura coincidencia.

Al ser una novela, me he tomado la libertad de realizar una interpretación libre de los hechos que en ella se relatan.

PERSONAJES EN ORDEN DE APARICIÓN

Los nombres de los personajes de ficción aparecen totalmente en mayúsculas. Los personajes históricos están representados solamente con la primera letra en mayúscula.

FERNANDO: 5° hijo del conde de Arienzo.

MOSSÉN AYMERICH: Tutor de Fernando.

ROMUALDO DE ARIENZO: Padre de Fernando.

CONSTANCIO: sargento de armas del Conde.

BRAULIO: Soldado del Conde.

JUAN: Soldado del Conde.

CONSTANCIO: sargento de armas del Conde.

BRAULIO: Soldado del Conde.

JUAN: Soldado del Conde.

IÑIGO DE ARETXAGA: Templario, amigo del Conde.

FROILÁN: Armero del Conde.

ENRIC ROUERGUE: Senescal del Temple en Sainte Eulalie.

Hugo de Paynes: Fundador de la Orden del Temple.

Fray Bernardo de Claraval: Monje que escribió las reglas de la Orden del Temple.

Jaime I: Rey de Aragón, Mallorca y Valencia.

Muhammad Abu Abdallah Ben Hudzail: Responsable de la insurrección de los moriscos en Valencia en 1275.

Alfonso X: Rey de Castilla.

Mossén Torregrossa: Capellán de Jaime I.

Guillaume de Beaujeu: Gran Maestre del Temple.

Saladino: Líder musulmán, luchó contra los cruzados en Jerusalén.

Baibars: Jefe de los ejércitos turco-egipcios en la batalla de San Juan de Acre, en 1291.

Luis IX: Rey de Francia en 1291.

Eduardo de Inglaterra: Rey de Inglaterra en 1291.

Enrique II: Rey de Jerusalén en 1291, en el exilio.

Sultán Malik al-Mansur:

Sultán Qalaun:

Pachá Al-Ashraf Jalil: Líder de las fuerzas mamelucos en la batalla de San Juan de Acre de 1291.

Al-Malik: Comandante del ejército de Hama.

Ruk ad-Din Toqsu: Comandante del ejército de Damasco.

Konrad von Feuchtwangen: Mariscal del Ejército del rey en San Juan de Acre en 1291.

Pedro de Sevrey: Mariscal de Campo del Temple en San Juan de Acre en 1291. Sucedió como Gran Maestre a Guillaume de Beaujeu.

Roger de Flor: Templario. Capitán del "Halcón" en la batalla de San Juan de Acre en 1291.

BRUNO: Tabernero. Amigo de Iñigo de Aretxaga.

MAXIM DE MONTFORT: Caballero templario.

GIOVANNI: Malhechor contratado por Montfort.

ROLAND: Tabernero. Amigo de Iñigo de Aretxaga.

CRISÓFORO: Capitán del Aurora.

FILIPPO: Contramaestre del Aurora.

COSME: Capellán de la Orden del Temple.

AMBROSSIO DELLA FORTEZZA: templario.

Berenguer de Cardona: Maestre del temple.

Arnaldo de Banyuls: Comendador de Peñíscola.

Rodrigo Díaz de Vivar: Caballero cristiano.

Zayyán Ibn Mardanish: Rey musulmán de Valencia.

Bernat Guillem d´Entença: Tío de Jaime I.

Guillém de Cardona: Maestre del Temple en España.

MIGUEL DE FORTALENY: Templario.

ALQABAL: Andalusí sefardí. Boticario.

Non nobis, Non nobis, Domine Sed nomini tuo da gloriam

(No para nosotros, no para nosotros, Señor, sino para la gloria de tu nombre)

UNO

Nací en el año de gracia del Señor de mil doscientos cincuenta y nueve, en el castillo de Arienzo. Fui el quinto hijo del señor Conde, bautizado con el nombre de Fernando.

Arienzo se encuentra situado en lo alto de unos riscos que le ofrecían protección natural ante el asedio. A sus pies, un río serpenteaba por entre un extenso robledo, ofreciendo meandros de aguas claras que invitaban al baño en verano, y daban la posibilidad de pescar para alimentar los habitantes de los poblados. Algún embarcadero avistado al final de una curva señalaba la proximidad de una aldea de pescadores.

Algunas zonas del bosque se mostraban cortadas, dejando hueco para que en su interior se construyeran casas que constituían las villas pertenecientes al condado de mi padre. Al lado de estas, campos de cultivos, mostraban según la estación del año, un mar ondulante de colores cambiantes de verdes a ocres conforme nos encontrásemos en primavera o en otoño.

Mi infancia transcurrió entre juegos con otros niños de mi edad y aprendiendo las primeras letras con el Mossén Aymerich. Mientras mi padre viajaba por su condado acompañado del primogénito, para impartir justicia en las aldeas y villas del entorno, y salía a guerrear con los infieles que se adentraban en sus dominios, yo jugaba en castillo y sus aledaños con los otros niños del castillo, siempre bajo la atenta vigilancia del aya.

Inquieto como era, no pasó mucho tiempo hasta que no quedó un sitio del lugar que no hubiera recorrido. Me acercaba a los mozos de cuadras para poder ver los caballos y acariciarlos. Ellos me dejaban acercarme, aunque teniendo cuidado de que no me pasase nada, lo que era difícil por lo travieso que era, teniendo que acudir en más de una ocasión a ver a mi madre con cortes o magulladuras. Tras reprenderme suavemente, me acariciaba la cabeza y me mandaba a que me curasen, volviendo al rato a juntarme con mis amigos.

Los días transcurrían entre las clases de Mosén Aymerich y los juegos. Por las mañanas, tras lavarme la cara y tomar un tazón de leche con sopas de pan, mi maestro, tras haberme enseñado en mis primeros años, las letras y luego, a leer y escribir, había pasado a impartirme nociones de matemáticas, historia y geografía. Después de un par de horas, salía corriendo, oyendo a mi espalda sus gritos y quejas por acabar la clase demasiado pronto, y bajaba a las cocinas donde robaba una manzana antes de salir al patio de armas, para ver como los soldados practicaban la lucha con espadas y tiraban a los blancos apoyados en un lateral del patio con arcos y flechas.

Con los años, el señor Conde ordenó al sargento de armas que comenzara a enseñarme las artes de la guerra. De esta manera, al acabar las clases con mi tutor, me encaminaba al patio del castillo donde, tras pertrecharme con un jubón acolchado y ponerme en la cabeza un yelmo puntiagudo, cuyo forro olía a humanidad, entraba en un círculo donde me esperaba Constancio, uno de los soldados de confianza de mi padre.

Constancio era a primera vista, impresionante, y mucho más si tenéis en cuenta que delante lo miraba un muchacho de once primaveras. Cuando levantaba la miraba, ante mí se erguía una mole de más de metro ochenta de músculos. Su mirada, bajo unas cejas prominentes y muy pobladas, era penetrante y parecía observarte con un brillo malévolo que no hacía presagiar nada bueno para mí. No se ponía el casco para pelear y su melena, sobre los hombros, era negra como ala de cuervo, desgreñada, confiriéndole un aspecto si cabe más fiero. No sonreía mucho ni era locuaz, lo que no facilitaba el trato con él. El torso enorme, protegido por un chaleco acolchado que dejaba los brazos, enormes como jamones al aire. Su mano izquierda empuñaba una espada de madera y asía una rodela pequeña con la derecha.

Con una sonrisa torcida, me indicó con un gesto que le atacase. Eso hice y me recibió con un mandoble que me tiró hacía un montón de paja. Me levanté enojado, y volví a arremeter contra él. Esta vez, pude cruzar la espada un par de veces antes que, con un fuerte golpe de escudo, me volviese a tirar al suelo. Cuando me levanté y me preparaba para volver a atacar, me paró con el brazo y me dijo:

- Fernando, la primera lección que te voy a dar es la siguiente. Aunque seas generoso de cuerpo y espíritu, y creas en tu fuerza, nunca comiences un combate sin saber bien contra quien te enfrentas. Lo primero que has de hacer siempre, es estudiar a tu adversario. Aprovecha los primeros momentos para estudiar cómo se mueve, a que altura deja la espada suelta, como se cubre con el escudo, la posición de sus piernas. Eso te dará la información necesaria para cuando cruces tu espada con él, sepas cual puede ser su punto flaco, si te atacará de frente o por un lateral. Tendrás mucho ganado.

Asentí y me acerqué a él de nuevo, pero esta vez, más pausadamente. Cuando estaba a dos pasos de Constancio, fui girando a su alrededor. Comprobé de esta manera, como se iba desplazando lateralmente, arrastrando los pies, para ofrecerme la menor superficie de ataque. De pronto, amagué un golpe y dirigí una estocada recta al estómago. Con un rápido movimiento, paró el ataque con su rodela, y en el mismo movimiento, su otra mano bajó la espada verticalmente contra mi casco. Apenas tuve tiempo de levantar el brazo del escudo, pero la potencia del golpe me hizo doblar la rodilla. Constancio asintió y dijo:

- Bien hecho. Para el golpe, y aunque dobles la rodilla, no pierdas de vista a tu enemigo. Desde abajo. También puedes contraatacar con un movimiento semicircular segando los tobillos que están peor protegidos.

Así transcurrieron dos horas, pasadas las cuales Constancio dio por finalizado el entrenamiento y nos dirigimos a la pileta para lavarnos la cara y los brazos.

A la noche, mi padre el Conde se me acercó, y me dijo que Constancio le había hablado bien de mis aptitudes, y me insistió en que perseverara en mis clases de armas, porque algún día me serían útiles.

DOS

Pasaron tres años, los ejercicios en el patio de armas y los trabajos manuales – me gustaba ayudar a los mozos en las caballerizas – fortalecieron mis hombros y brazos. Ya era más alto que Constancio y podía pelear con él sin descanso durante más de una hora. Cuando acabábamos, y después de lavarnos en la pileta, le acompañaba para ver como ejercía de sargento de armas de mi padre, el conde.

El año siguiente, el invierno llegó brusca y ferozmente a nuestras tierras. Sin apenas otoño, los campos y las cimas de las montañas se cubrieron con un manto blanco. La última cosecha se perdió con el frío y los aldeanos temblaban pensando en que pudiera golpearles un período de hambruna. Para más males, los lobos, ante la falta de piezas que cazar en las montañas, descendieron al valle y atacaron a las ovejas y vacas. Una mañana, un grupo de labriegos comandados por el tendero que hacía las veces de portavoz de la aldea, llegaron al castillo y pidieron audiencia. El conde les recibió en el salón donde expusieron entre lamentos, su preocupación por el invierno que se avecinaba y el miedo que sentían por el daño que los lobos pudieran ocasionar a sus hijos y a los rebaños.

Tras escucharlos pacientemente, el conde los calmó diciéndoles que tomaría las medidas adecuadas para protegerlos. Al salir el cortejo, mandó llamar a su sargento de armas.

Constancio apareció al momento. Puso rodilla en tierra y se aprestó a escuchar.

- Constancio. Quiero que prepares una partida, subas la montaña y des caza a esa manada de lobos. Llévate contigo a Fernando. Ya es hora de que desarrolle fuera lo que ha aprendido en el castillo.

Sin más palabras, lo despidió y se levantó y salió del salón. Constancio me miró y dijo.

- Fernando. Mañana al amanecer subiremos a la montaña. Prepara ropa para un par de días. – Y apoyando su mano en mi hombro se despidió.

La partida salió del castillo al amanecer. Encabezaba el grupo el propio Constancio. A su lado, yo conducía mi montura con semblante serio y circunspecto. Les seguían Braulio y Juan, dos hombres de armas del conde. Braulio era un hombretón de cara ancha y rubicundo. De carácter bondadoso, era fácil conversar con él después de los entrenamientos. Te decía que hacía bien o mal según su entender. Juan era el contrapunto físico, delgado, casi enteco, era un hombre alto y fibroso, sin grasas que le sobraran. Siempre con barba de varios días que nacía alta bajo los ojos. Las mejillas hundidas le conferían a la cara un aspecto triangular con el vértice en el mentón, prominente y afilado. Gran luchador, sobre todo en el cuerpo a cuerpo, Fernando había podido apreciar cómo tumbaba a contrincantes mucho más pesados que él en combates con cuchillo.

Ambos iban ataviados con gruesos jubones y calzas de cuero. Calzaban botas forradas y se cubrían los hombros con capas de pieles. Todas las monturas llevaban enganchada a la silla, una lanza y escudo. Constancio había atado a la parte de atrás de la silla de montar, un hacha de combate de doble filo. Por mi parte, me decanté por llevar un arco, que puse en bandolera y atada a la silla, una alijaba de donde asomaban los astiles de las flechas.

Cuando llevábamos cabalgando más de dos horas, y un rato subiendo las primeras estribaciones de la montaña, llegaron a un claro del que se abrían dos sendas a ambos lados de un peñasco. Constancio levantó la mano y el grupo se arremolinó a su lado.

- Juan, tú y Braulio tomad el camino de la izquierda. Cabalgad no más de quince minutos, y si no veis nada raro, volved aquí. Si encontráis huellas, soplad el cuerno dos veces. Nosotros haremos lo mismo en el otro camino.

Sin una palabra más, tiraron de las riendas de sus monturas y se adentraron en la espesura del bosque. Constancio y yo, hicimos lo mismo tomando la senda de la derecha. A los pocos minutos, así con la mano las riendas de la montura de Constancio y señalé con la otra unas ramas rotas a la izquierda del camino. Constancio asintiendo, descabalgó y llegó junto a los arbustos, se arrodilló y tras estudiar detenidamente la escena, giró el cuello y dijo:

- Estas ramas se han tronchado recientemente. Las marcas continúan por esa vereda, pero los caballos no van a poder pasar por ahí. Sopla el cuerno para que vengan los otros.

Giré el torso, cogí el cuerno que pendía de su silla, y soplé con fuerza dos veces. No había pasado ni un cuarto de hora cuando oyeron como se aproximaban los dos soldados.

- Escuchad – Constancio los miró fijamente – Vamos a dejar las monturas aquí. Juan, tú quédate a su cuidado, atento a que puedan aparecer los lobos.

Juan, conforme le iba hablando su jefe, desmontó y cogió de la silla la jabalina, la destrabó e hincó el astil en tierra. Descolgó la rodela y se la fijó en el codo izquierdo y desenvainó la espada, clavándola junto a la lanza. De esta pinta quedó al pie de los caballos que sus compañeros habían amarrado a unas ramas cercanas. Sin mediar una palabra, los despidió con un gesto de cabeza.

Constancio, Braulio y yo mismo, nos habíamos pertrechado con las armas que pendían de nuestras cabalgaduras. El sargento de armas había cogió el hacha de combate de doble filo, y la llevada horizontal asiendo por la mitad del mango. Braulio había elegido, al igual que su compañero, la jabalina y el escudo, llevando al cinto su espada. Yo elegí la rodela, que colgué sobre mis hombros para proteger la espalda y llevaba en las manos el arco y colgando, la alijaba rellena de flechas. Una espada recta ceñía su cintura. llevábamos caminando entre la espesura más de veinte minutos en silencio, cuando Constancio que encaminaba la fila, levantó el brazo izquierdo con el puño en alto. Braulio y yo nos situamos uno a cada lado de él y miraron delante de ellos, donde Constancio señalaba.

Un claro se abría un poco más adelante delante de una cueva. En el exterior, vieron cuatro lobos, uno tumbado a un lado de la entrada de la cavidad y los demás correteando.

Afortunadamente el viento soplaba en contra de ellos, y no había podido olerles. El que parecía el jefe de la manada, era un lobo grande, de pelo entreverado gris y blanco, con marcas de pelada en el lomo que insinuaban luchas anteriores. Sus colmillos, amarillentos, se mostraban a ambos lados de los morros del animal.

Constancio puso la mano sobre mi hombro y me señalo al líder de la manada. Asentí, y tras poner una flecha en la cuerda, apunté con cuidado al líder de la manada mientras tensaba la cuerda y notaba como las palas se combaban con la tensión. Cuando estuve seguro, solté la cuerda. La flecha salió disparada recta, con un ligero cimbreo y sonreí cuando impactó en el lomo del animal, cerca de su pata delantera.

Raudamente, Constancio y Braulio salieron de la espesura y se adentraron en el claro enfrentándose a las demás fieras. Al llegar junto a ellas, Constancio descargó un golpe feroz con el hacha en semicírculo que prácticamente partió en dos al primer lobo que encontró en su camino. Con el mismo movimiento, y aprovechando la inercia que llevaba, descerrajó otro golpe a un lobo que quería saltar sobre él desde el lado contrario, y que se encontró con el filo del arma entre los ojos, dividiendo su cráneo en dos.

Ensangrentado como estaba de las salpicaduras de los animales, giró la cabeza buscando a Braulio. Este, había acorralado al tercer animal junto a la entrada de la cueva. Se fue acercando hasta que la tuvo al alcance de la jabalina y se la clavó en el flanco. No vio como salía una loba negra de la cueva y se dirigía a él por detrás. Cuando la fiera iba a saltar sobre su espalda, le llegó la flecha que se había disparado desde el linde del claro, donde me había posicionado por si veía algún movimiento raro. Afortunadamente, puede ver la salida del animal e intervenir antes de que hubiera causado algún daño.

Todo terminó en unos minutos. Cuando nos reunimos en el claro, el aspecto de Constancio y Braulio era sobrecogedor. Ambos estaban cubiertos de sangre, aunque por la gracia de Dios nuestro señor, no era de ellos. A nuestros pies, cinco lobos yacían tumbados a nuestro alrededor.

Decidimos llevárnoslos con nosotros. Con unas varas que cortamos de los árboles construimos unas parihuelas que rellenamos con ramas de pino entrecruzadas. Echamos sobre ellas los lobos y fuimos arrastrándolas hacia donde nos esperaba Juan.

Cuando nos reunimos, Braulio insistió en contarle la pelea, adornándola con todo lujo de detalles, y poniendo los ojos en blanco para exagerar la situación y dramatizar el encuentro. Juan lo miraba con una sonrisa sardónica, que sólo se traslucía en sus ojos, pues el resto de su cara se mantuvo impertérrita.

Como se había hecho tarde, y la niebla caía sobre el bosque disminuyendo mucho la visión, decidimos acampar en el primer claro en el que paramos. Hicimos una hoguera para ahuyentar a las alimañas y calentar algo de carne que comimos con un poco de pan y queso. Un trago de vino aguado ayudó a bajar la comida. Nos tendimos sobre las pieles que llevábamos alrededor de la hoguera y nos dispusimos a dormir unas horas.

Al amanecer, recogimos el campamento y tras ensillar las monturas, enganchamos la parihuela al caballo de Juan. Girando los caballos, retomamos el camino de vuelta al valle.

A mediodía, vimos las primeras viviendas del pueblo. Unos niños, que jugaban en el ribazo nos vieron aparecer por la ladera y corrieron gritando hacia las casas. Al momento, comenzaron a salir los lugareños y a la cabeza, el mismo hombre que había ejercido las veces de portador en el castillo. Al coincidir en el camino, se abrieron para dejarnos paso y empezaron a musitar y señalar los lobos que colgaban de la cabalgadura de Juan.

Constancio, mandó adelantarse a Braulio al castillo para que le dijese al conde que habíamos cumplido con la misión encomendada, y nos paramos en la plaza, junto a una fuente. La gente se iba arremolinando a nuestro alrededor. Sus caras mostraban satisfacción y también aprecié signos de relajación tras la tensión sufrida por el ataque de las fieras.

Al poco, vimos aparecer a nuestro señor, con Braulio y cuatro soldados más como sequito acompañante. Cuando llegó a la plaza, se empinó sobre su montura y dijo:

- Os aseguré que me haría cargo de vuestro problema y que lo haría mío. Aquí veis las alimañas que os han tenido preocupados. Ya no volverán a molestaros. Podéis quedároslas y hacer con ellas lo que queráis.

Nos dirigió un gesto con la cabeza y girando su corcel, retomó el camino hacia el castillo. Nosotros nos pusimos tras él y cabalgamos orgullosos hasta casa.

TRES

Habían pasado seis meses desde el episodio de los lobos, y la primavera se apreciaba a nuestro alrededor, mirases donde mirases. Los prados, cubiertos de verde salpicados de notas de color provenientes de las flores silvestres que crecían en los campos. Los árboles reverberaban con un verde brillante. Los frutales mostraban ya sus frutos, aún verdosos, pero pronto a dar una nota de color más acentuado. Las aguas de los ríos bajaban de la montaña limpias y cristalinas. Esa mañana, fui llamado por mi padre al salón. Cuando llegué, despidió a los criados y me hizo acercar con un gesto de su mano.

- Fernando, anoche llegó el mensajero que había enviado a Larzac. Mi amigo Iñigo Aretxaga, que vive en Sainte Eulalie de Cernon, me devuelve saludos y me manda decir que está contento de recibirnos.

Partiremos al alba, y te quedarás con él como su armígero* unos años para terminar de formarte en las artes de la guerra.

* armígero: Escudero de armas

26

Luego volverás aquí para ser nombrado caballero, y si Dios, Nuestro Señor lo quiere, podrás como mi amigo Iñigo, entrar en la orden del Temple.

- ¿Tu amigo es templario? - Preguntó curioso.

- Sí. Participó en la última cruzada y tras su vuelta a Francia, decidió ingresar en la orden si se le admitía. Es un guerrero y a la vez una persona de gran vocación cristiana. - Calló un momento y continuo - Nos acompañaran en este viaje tu maestro Constancio y algunos hombres de armas.

- Como ordenes, padre - Fernando asintió con la cabeza y esperó en silencio.

- Ve pues a despedirte de tu madre y hermanos. Luego, busca a Constancio y preparad lo que tengas que llevarte.

Una hora después, me encontré con Constancio al pie de las escaleras. Venía cargado con un hato grande, por cuyas aberturas asomaban trozos de ropa y una daga.

- ¡Fernando, me alegra verte! Tenemos que preparar tus armas.

- Venía a buscarte para ello. ¿Puedo coger de la armería lo que piense que pueda necesitar?

- ¡Por supuesto! Yo te ayudare. - Sonriente, dejo el hato en el suelo y dijo a dos criados que pasaban a su lado señalándolo - ¡Recoger esto y llevarlo a mi cuarto! ¡Y que no se pierda nada!

Los sirvientes se miraron, y se agacharon a la vez para levantar el bulto. Con un gesto de la cabeza se despidieron y se encaminaron hacia los barracones.

Constancio y yo nos dirigimos a la armería, donde, como siempre Florián estaba ocupado bruñendo y afilando las armas que había sobre un mostrador de madera.

- ¡A ver Froilán! Saca para Fernando una espada larga, de hoja ancha y un hacha de combate. También un par de cuchillos - Se giró hacia mí y me preguntó - ¿Tú quieres llevar algo más?

- Sí. Froilán, por favor. Dame el arco que uso habitualmente un una alijaba llena de flechas.

- Te has acostumbrado mucho al arco. el arma del caballero es la espada y la lanza.

- Lo sé, pero ya viste que me manejo bien con él. Si entro en combate en el futuro, creo que haré buen provecho de él. Pon además, Froilán una jabalina.

- Bien. Nos vamos. - Se giró al armero y continuo - Ten todo preparado para recogerlo al alba.

- Así se hará, Constancio.

A continuación, se encaminaron a los establos donde prepararon los arreos y guarniciones que llevar para cargar en las mulas. Cuando terminaron se fueron a la cantina para tomar una copa de vino aguado. Fernando escuchaba las aventuras y anécdotas que Constancio le contaban de las muchas veces que había entrado en combate. En el fondo sabía el viejo sargento que Fernando iba a añorar el castillo, y no quería que pensara en la próxima partida. Después de una ocurrencia picaron, Constancio se río fuertemente y dio por terminada la velada. Se levantó despidiéndose de todos y se fue a su habitación para intentar dormir, lo cual, en ese momento, se le antojaba difícil.

Apenas había despuntado el sol por el Este cuando el conde descendía por las escaleras del castillo al patio. Ya estábamos en él Constancio, los soldados que nos llevábamos de escolta y yo mismo. El sargento había elegido, sabiendo que me llevaba muy bien con ellos, a Braulio y Juan, además de otros cuatro hombres de armas. Los caballos estaban ensillados, con las alforjas llenas. Llevábamos además tres mulas con los hatos para el viaje y las armas.

Mi padre, ayudado por un criado, se irguió sobre su alazán y empuñando las riendas, giró la cabeza de este hacia la puerta. En ella, dos soldados formaban firmes, cada uno a un lado, con la lanza inclinada saludando y el escudo sobre el lado izquierdo del pecho. - Vámonos -. Y sin más palabras, hincó espuelas sobre los ijares de su montura y emprendió la marcha. Constancio y yo nos situamos detrás de él, y la escolta nos siguió situándose tras nosotros en columna de a dos.

Erguidos, pasamos bajo el portón. Yo giré la cabeza mirando hacia la torre del homenaje. Allí, en una ventana alta, asomaba mi madre. Al verme girar, levantó su mano y la agitó sonriendo. Con los ojos húmedos, volví la cabeza al frente y sin decir nada, fijé la mirada en la espalda de mi padre y me alejé de mi hogar.

CUATRO

Cabalgamos durante una semana antes de ver desde lo alto de una loma la villa de Sainte Eulalie de Cernon, encomienda de la orden del Temple en la zona de Larzac.

La villa se erigía en medio de un valle, en plena meseta, a orillas del río Cernon. Desde nuestra posición se aprecia como se elevaba la torre de la iglesia, entre un mar de tejados de color pizarra. Algunos torreones circunvalaban el perímetro fortificado de la población. Llegamos a ella atravesando un frondoso bosque. Cuando llegamos al portón, salieron de la garita unos soldados preguntándonos que queríamos. Mi padre les explicó que venía a ver al caballero Iñigo Aretxaga, el cual les esperaba. El sargento al cargo de la puerta se apartó para darnos paso. Mi padre les preguntó dónde podían dejar las caballerías y descansar un rato. Éste les recomendó un figón detrás de unos establos que se encontraban nada más pasar la puerta a la izquierda.

Dentro del recinto, nos encaminamos a las cuadras, donde dejamos las monturas al cargo de un empleado. Constancio, después de que quitáramos las sillas a los animales, dejó también de guardia a dos de sus hombres, con la promesa de un relevo rápido.

Nos dirigimos al figón, que lucía ostentoso sobre la puerta un cartel hecho sobre una tabla en la que ponía "El jabalí dorado".

- ¡Buen hombre! - Exclamó Constancio - Si lo que dice el cartel es cierto, bien nos podremos alimentar y esperar, mi Señor.

- En efecto Constancio - Respondió mi padre - Espero que Iñigo aparezca pronto.

Penetraron en el local bajando unos escalones. El interior, enorme, era una antigua bodega sostenida por arcos de medio punto entre los que se abrían espacios diáfanos en los que el posadero había colocado mesas corridas de madera con tablones a modo de asientos. A la izquierda, una barra formada por barriles atados entre sí, coronados por un ancho tablón envejecido y cuarteado. Al fondo se apreciaba un gran horno del que, pinchado por un espetón manejado por dos mozos que daban vueltas al mismo, se asaba un enorme jabalí que iba soltando grasa mientras su carne se doraba. Gotas de grasas caían sobre la rejilla, encima de las llamas, y levantaban una humareda que transportaba el olor del animal y hacía segregar los jugos del estómago.

El grupo se acercó a la barra. Tras ella, un hombretón corpulento, calvo y barbudo, con la tez sonrosada y de amplios carrillos, nos sonreía atento.

- Buenos días, señores. ¿Desean que les atienda?

- ¡A eso venimos hombre! - Se adelantó Constancio al conde - Mi señor quiere una mesa para todos nosotros, y probar ese cochino que estás asando y que tan bien huele.

El dueño, buscó con la mirada a un camarero y se lee señalo con la barbilla una mesa grande situada al fondo del local. Mirando de nuevo a Constancio dijo - En seguida tendremos la mesa lista para Vos. Si me permitís, os iré poniendo las bebidas. ¿Querréis probar un vino que me han traído de Toulouse este año? No probaréis por aquí nada mejor.

- Sea el vino. Un par de jarras y un par más de agua para acompañar.

Mientras tanto, el camarero, después de limpiar con un trapo que había conocido tiempos mejores la mesa, había montado sobre estos siete cuencos con los cuchillos y tenedores al lado, y un par de hogazas de pan humeantes y recién hechos.

Cuando este terminó de montar la mesa, miró al dueño. Pendiente de su empleado, sonrió a mi padre y dijo:

- Ya podéis señor ocupar vuestra mesa. En seguida os llevan las bebidas. Así pues, nos encaminamos a la misma, nos sentamos y tras servirnos un vaso de oscuro vino y aguarlo, empezamos a dar buena cuenta de la comida que el empleado, atento, nos había traído.

Al rato, notamos que la bodega quedaba en silencio. Miramos a nuestro alrededor y vimos que todas las gentes observaban la puerta. En ella, un caballero se había plantado al pie de los escalones y miraba con atención al interior. Vestido con una sobrevesta blanca atada a la cintura con un cordón de cuero marrón, en la que se veía grabada una cruz roja, el guerrero era alto y corpulento, con barba negra entreverada de gris y cabeza rasurada. Las pupilas, de color oscuro, se fijaban en todos los detalles del figón. Las cejas, pobladas, formaban un arco que daba poca confianza al que quisiera entablar contacto con él. Una mano apoyada en el pomo de la espada con familiaridad mostraba que era ducho en su manejo.

Al ver a mi padre, mostró los dientes entre la barba, con una sonrisa lobuna, y a grandes zancadas se aproximó a nuestra mesa. Mi padre, se levantó y saliendo a su encuentro exclamó:

- ¡Vive Dios, Iñigo, amigo! ¡Te veo bien!

- No jures Romualdo, que soy hombre religioso, y a gente como nosotros no nos place. ¡Dame un abrazo!

Y con grandes risotadas, se fundieron en un fuerte y sentido abrazo. De inmediato, llamamos al mozo para que trajese otra banqueta y una escudilla, y nos pusimos a compartir la comida.

La misma transcurrió entre anécdotas de batallas y desencuentros de juventud. Mi padre y su amigo, acompañados por Constancio reían frecuentemente. El recién llegado saludo afectuosamente también a Constancio diciéndole.

- Sargento, juraría que os habéis engordado un poco desde la última vez que peleamos juntos.

- No será eso cierto hermano peleón. Sigo pudiendo enfrentarme a vos cuando queráis. Y si necesitáis ventaja, puedo poner un brazo atado a la espalda.

El guerrero le dio un manotazo afectuoso en el hombro, y siguió la broma.

- No te enojes Constancio, que sé por el conde que seguís estando en buena forma.

Mi padre, al rato me señaló y dirigiéndose a Iñigo le dijo.

- Como te dije en la misiva que te envié, me gustaría que Fernando terminase su formación militar contigo. Luego, si Dios lo tiene a bien, y cuando sea caballero, si Él lo dispone, podría ofrecer los votos para entrar en la hermandad.

- Eso será siempre decisión suya y de Dios. Por mi parte estaré encantada de volver a cabalgar con un Arienzo. Y tú joven, ¿qué piensas?

- Mi padre me ha hablado mucho de vos, y también sobre mi futuro. Si me aceptáis, me agradaría acabar de formarme con vos y acompañaros en lo que os pueda ayudar. Luego, Dios dispondrá de mis aptitudes.

- ¡Buena respuesta! Por ahora, vamos a buscaros alojamiento y mañana, después de despedirnos de tu padre y compañeros, iremos al castillo y te enseñare dónde vivirás estos años.

Salieron de la bodega y caminando entre las estrechas callejuelas los llevó al centro de la villa, de del caño de una fuente manaba agua que las jóvenes que en ella se encontraban, recogían en sus cantaros.

Pasamos por delante de la iglesia, y ante ella, Iñigo nos comentó:

- Esta es una iglesia muy peculiar, pues su puerta está orientada al oeste, cosa muy poco usual porque las iglesias cristianas europeas siempre se orientan hacia donde nace el sol. Además, si os fijáis, la puerta la construyeron en el ábside, lo que insólito a todas luces. Pocas edificaciones veréis de esta guisa.

- ¿Y a qué se debe esta rareza Iñigo?

-Se quiso facilitar a los fieles el acceso a la iglesia por un sitio distinto del habitual que era aquella que veis y que da al patio. En muchas ocasiones, coincidíamos con los orantes, ellos camino de la misa y nosotros en nuestros encargos. Por ello se decidió a abrir una puerta de uso para los lugareños.

Llegamos conversando a la posada donde nos habían preparado el alojamiento. El posadero salió de detrás del mostrador y, solícito, se adelantó a mi padre para acompañarnos, al grupo, a las habitaciones que nos había arreglado.

Constancio y yo compartiríamos una habitación, y los soldados de la escolta descansarían en un edificio aledaño, donde dormían también los criados de la posada.

De nuevo en la calle, Iñigo se despidió de nosotros diciendo:

- Se me ha hecho tarde. El gran Maestre quiere que acudamos a los rezos vespertinos juntos si estamos en la Encomienda. ¿Cuándo pensáis partir?

- Mañana al alba saldremos. Quisiera llegar pronto al castillo, donde aún he dejado obligaciones que cumplir.

- Sea. Mañana nos veremos aquí mismo.

Y dándole un fuerte abrazo a mi padre y a Constancio, se despidió de nosotros con la mano levantada, mientras se alejaba camino de la fortaleza.

CINCO

Como habíamos convenido, en la puerta de la posada, sentado en un poyete bajo un cedro, se encontraba Iñigo. Por nuestra parte, habíamos dado buena cuenta de un frugal desayuno, toda vez que mi padre no quería que fuéramos con el estómago lleno para evitar inconvenientes en el camino.

Iñigo se puso en pie, se nos acercó y deseó al grupo las mejores venturas para el camino que les quedaba por recorrer. Se giró a mí y me preguntó:

- Tienes Fernando todo dispuesto.

- Sí, mi señor. Preparé esta mañana el hato y el caballo está cargado con los pertrechos que puedo necesitar.

- Muy bien. Vamos entonces al interior del castillo.

Nos alejamos de mi padre. Por un momento, me giré a mirarlo y entendí que comenzaba aquí y ahora una nueva etapa de mi vida que se terciaba crucial para el devenir de mi futuro. De nuevo torné la cabeza, y me dispuse a seguir al caballero Aretxaga. A donde quisiera que el destino me llevara, mi vida estaría unida a la de él. Y hoy soy consciente de que ese pensamiento premonitorio fue lo más cierto que pueda decir de todo lo vivido.

Al llegar al castillo, un sargento salió a nuestro encuentro. Ataviado con una sobrevesta de color pardusco, portaba en el pecho la misma cruz roja que Iñigo. Al reconocerle, con un gesto mandó abrir paso a los soldados que custodiaban la puerta para darnos paso.

En el interior, un gran patio se abría a mis ojos. En distintos puntos, soldados vestidos con cotas de mallas, escudo y espada, lidiaban entre sí, ora atacando, ora defendiendo, en una especie de ballet en el que un error de cualquiera de los contendientes podía terminar con el otro herido.

Sin detenernos, llegamos a un gran espacio cerrado. Iñigo se apartó para darme paso y mostrándome el interior dijo:

- Este es uno de los dormitorios comunes de los armígeros y los soldados. Los caballeros disponemos de uno y los sargentos, de otro.

La nave vista desde dentro era enorme. De los laterales salían nervios que confluían en el techo, formando arcos de medio punto, cuya medida central superaba fácilmente la altura de cuatro hombres, uno encima de otro. En las dos paredes, alineados, los catres estaban desnudos. Sobre un lecho de relleno de paja, una manta doblada era la única comodidad de la que se disponía.

Al fondo de la nave, sobre unos armeros, se encontraban dispuestas lanzas y espadas en sus receptáculos. A los pies de cada lanza, un escudo descansaba apoyado en el astil de esta.

- Los templarios, Fernando, no necesitamos mucho para vivir. Existimos, luchamos y morimos para mayor gloria de Dios, Nuestro Señor. Pocas son nuestras posesiones y nada nos tenemos que llevar si Dios nos llama a su encuentro.

- Lo que es bueno para Vos, lo será para mi persona. Ya me dijo mi padre que hiciera lo que viera y me acostumbrara a la vida del soldado.

- El soldado combate por una paga, por un señor, y a veces, por un ideal. Nosotros combatimos por Dios, únicamente por Él. Somos caballeros religiosos, no monjes guerreros. Todos hemos tenido nuestra vida anterior, pero ante Dios y la orden, todos somos servidores. En mi encontrarás siempre un hermano.

Por las mañanas entrenarás con otros escuderos en el patio de armas. Los sargentos os mostraran nuestras técnicas de combate y los principios generales del ataque y la defensa. Sé que Constancio te ha enseñado bien, pero aquí aprenderás cosas que en Arienzo no has visto nunca. Antes de comer, entrenaras conmigo. Me mostraras lo que has aprendido y veremos si puedo enseñarte recursos que te permitan sobrevivir cuando nos encontramos en un campo de batalla real.

A la tarde, saldremos a caballo. El Temple tiene fama de ser la mejor caballería pesada de la cristiandad y los infieles, narran despavoridos, lo que es ver frente a si a nuestros hermanos combatiendo contra ellos a caballo. Aprenderás a cargar en formación y a dirigir el caballo sin llevar prácticamente las riendas.

Constancio me ha dicho que te gusta el arco, y que disparas francamente bien. Quiero verlo. Puede que te sea de utilidad y a nosotros también. No es nuestra arma habitual, pero nunca viene mal para desembrollar ciertas situaciones.

Pero basta ya de guerras y batallas. Vamos a ver al senescal. Le he hablado de ti, y quiere conocerte. Se encuentra en la capilla.

Llegamos a la capilla a cuya puerta nos esperaba el senescal Enric Rouergue era un hombre corpulento, robusto, pero no obeso. Con el cráneo rasurado, como todos los hermanos, lucía asimismo una larga barba, más blanca que gris, bien cuidada y recortada. Ojos bondadosos de color azul claro me miraron fijamente cuando nos acercábamos.

- Tú debes ser Fernando de Arienzo. Iñigo me ha hablado mucho de ti, y muy bien.

- Gracias mi señor. Espero estar a la altura de vuestras expectativas.

- Lo estarás, seguro. Simplemente, aprende lo que se te enseñe, pregunta lo que no entiendas y se sencillo, honrado y leal. ¿Conoces las reglas de la orden?

- Mi padre me ha hablado de ellas, pero aún tengo que aprender más.

- Iñigo te enseñara poco a poco. Somos siervos de Dios, a Él servimos, y por Él morimos. Nuestro fundador, Hugo de Paynes, y Fray Bernardo de Claraval que nos dio las reglas por las que nos regimos, dejaron establecido que, para mayor gloria de Dios, protegeremos siempre a los peregrinos que, en tierra santa, o en donde se encuentren, sean atacados o vilipendiados por infieles. Nunca combatimos con cristianos, por no ser esta nuestra tarea. Sólo le debemos obediencia al Santo Padre, no a reyes o príncipes. No te preocupes. Poco a poco lo iras aprendiendo y entendiendo.

Dándole un beso de bienvenida, Enric de Rouergue se despidió. Quedaron en la capilla Iñigo y Fernando. Sentados ante el altar, Iñigo le miro y dijo:

- La vida nos ofrece un devenir del que sólo sabe el de arriba que nos va a acaecer. Sé prudente y templado en tus acciones, y justo en tus juicios de valor. Valorar el respeto a las personas y recuerda la máxima de fray Bernardo: La orden se creó para la protección de los peregrinos y necesitados en tierra santa. Nuestro enemigo es el enemigo de Dios, el infiel. Estudia y lee cuando tengas tiempo, y pregúntame cuando algo no entiendas. Intentaré ayudarte en lo que mi sabiduría te pueda aconsejar.

Se levantó y se encaminó a la salida. Tras él, pensaba en lo que me habían dicho. Sería un reto aprender lo que la hermandad me ofrecía. Luego, tendría que decidir cuál sería mi destino.

Cuatro años habían transcurrido desde mi llegada a la encomienda de Sainte Eulalie. La fortaleza de mis miembros y torso mostraban la eficacia de los entrenamientos a los que los caballeros nos habían sometido. A las muchas horas en el patio, junto a mis camaradas escuderos, blandiendo espadas, hachas, o luchando cuerpo a cuerpo con cuchillos, se sumaban las sesiones vespertinas a caballo. En ellas, bien a solas con Iñigo, o bien acompañados de templarios, aprendí a cabalgar a trote y a galope en formación, lanza en ristre, manejando la montura con las rodillas y las espuelas, sin romper la formación.

Después de ver una carga de caballería, que Iñigo había preparado para que entendiera los fundamentos básicos, comprendí el pavor que los templarios levantaban en los sarracenos. Debía ser pavoroso para ellos ver, como una ola blanca de más de dos metros se abalanzase contra ellos. Los caballos, con su testera blanca y la gualdrapa de combate del mismo color, constituían un muro mortal.

Al regresar a la fortaleza, nos esperaba en el patio el senescal Enric. Asiendo las riendas de nuestros caballos, y sin esperar a que descabalgásemos, nos dijo:

- Hemos recibido una misiva de nuestro buen rey Jaime I, el llamado Conquistador. Nos pide ayuda para sofocar un levantamiento que han organizado los mozárabes en el reino de Valencia. Quiero que os dirijáis, con treinta caballeros más, los escuderos y cien soldados a reuniros con él en la capital del reino. Partiréis mañana sin falta.

- Como ordenéis, Enric. - Respondió Iñigo. Me miró y continuó - Tú, Fernando, me acompañaras como mi armígero. Así te iniciaras en estas lides. Ve al arsenal y prepara mis armas. Luego, prepara tu ropa porque mañana al alba saldremos.

Sin cruzar más palabras, se dirigió a su dormitorio. Girando, me encamine a la armería para preparar el material pensando que avatares nos depararía el futuro.

SEIS

Pararon frente a Valencia, viendo las puertas de la ciudad completamente protegidas. Las puertas de Serrano se abrían al comercio en el exterior mientras el sol calentaba la mañana. Los comerciantes ofrecían sus mercaderías y los soldados pululaban por entre los puestos, buscando un regalo para sus mujeres, o se sentaban en los poyetes junto a las puertas, para tomar una jarra de vino con sus camaradas. El ambiente no hacía presagiar que la ciudad se estuviera preparando para la guerra.

Acompañados por un sargento de armas de la casa del Conquistador, se encaminaron al palacio donde el rey tenía sus aposentos y sala de guerra. Allí, el monarca departía con nobles venidos del bajo Aragón y de Cataluña, de la estrategia para las siguientes jornadas.

Al oírnos entrar, levantó la cabeza y al vernos, nos indicó con un gesto que nos acercáramos.

- Bienvenidos seáis. Se os ve bien, Iñigo. El tiempo no os trata mal. – sonrió afectuosamente – Mucho tiempo hace desde que compartimos campaña y espada contra los infieles.

- En efecto, mi rey. También os veo fuerte. Aprecio que el regir vastos territorios no os desgasta en demasía.

- No creas Iñigo, no creas. La procesión va por dentro. Estos moros no acaban de aceptar su sitio y me producen dolor de cabeza. ¿Quién os acompaña?

- Permitidme que os presente a Fernando de Arienzo, mi escudero, y si Dios lo quiere, próximo caballero y candidato a entrar en la orden. Su padre me lo encomendó hace seis años, y lo he estado preparando para que cumpla con su deber de caballero ante Dios y ante el rey.

- Bienvenido seáis también pues, Fernando. Imagino que no habréis comida nada. Si os place, acompañadme a la mesa y os contaré porqué pedí vuestro apoyo.

Sentados en la mesa junto a otros caballeros, el rey se había mostrado ameno y distendido, narrando anécdotas de anteriores lides en las que había combatido junto a Iñigo. Cuando los sirvientes levantaron la mesa y volvieron a llenar las jarras, se retiraron, y el rey comenzó a hablar.

El problema viene de lejos, causado por un líder mudéjar de nombre Muhammad Abu Abdallah Ben Hudzail, al que llaman "Al Azraq" por el color azul de sus ojos, que, desde su juventud, se ha declarado enemigo mío y de los cristianos. La convivencia entre cristianos y moriscos nunca ha sido fácil y la relación se ha ido deteriorando con el tiempo.

Reunió junto a si, una serie de poblaciones en la zona que denominan la sierra de la Marina, autonombrándose emir de la zona y recaudando tributos por su cuenta sin pagarnos el diezmo correspondiente. Ya el buen rey Alfonso X, cuando le conoció y le preguntó por el noble arte de la cetrería, el insolente le comentó que, para aprender a cazar, cazaría castillos de mi pertenencia.

Cuando fueron expulsados, tras la conquista de la ciudad, han estado sublevándose, y obligándome a emprender acciones. La última vez, Al Azraq se refugió en su castillo de Alcalá, donde lo derrotamos, ordenando su expulsión del reino. La muerte de cristianos defendiendo el pabellón real, y la exigencia del pago de impuestos por tal motivo, ha hecho que, de nuevo, haya vuelto a estas tierras. Está promoviendo el desencanto y agitando a sus allegados, apoyados por soldados que se le han sumado provenientes de los reinos de Granada y Marruecos. Ha atacado granjas y villas, matado a campesinos, mujeres y niños.

Nos hemos recibido noticias de nuestros espías. Parece que quiere atacar el castillo de Alcoy. Allí, le haremos frente y, si Dios quiere, terminaremos con este asunto de una vez para todas. Mañana saldremos al amanecer. Descansad, mis buenos amigos, y esperemos celebrad pronto un banquete por nuestra victoria.

En nuestros aposentos, Iñigo me sirvió una jarra de vino aguado, y me señaló una silla.

- Fernando, vas a entrar en combate pronto. Servirás como mi escudero, y además de cuidar mis armas y protecciones, portarás al cinto espada y puñal. Estate atento y obedece mis indicaciones.

El rey está molesto y tiene ganas de combatir. No sé si lo escuchaste en Sainte Eulalie, pero su intento de participar en la cruzada en mil doscientos sesenta y nueve fue un fracaso. Al poco de salir por mar, una fuerte borrasca empujó los barcos a Aigües Mortes, y enfadado, desembarcó y retorno a Cataluña. Desde entonces, se ha volcado en frenar estos chispazos de insurrección y rebeldía.

Confiemos en que Dios dirija su mano y su cabeza, y la mantenga fresca y clara para bien de él y de los suyos. Ve al dormitorio de los escuderos y prepara nuestras cosas. Mañana partiremos.

Fortificados en el castillo de Alcoy, Iñigo observaba el panorama de las fuerzas moriscas que se habían desplegado frente a nosotros para intentar el asalto.

Al despuntar el sol, el capellán del rey, Mossén Torregrossa, nos bendijo y ofrendo el día y la victoria al santo del día, San Jorge. Antes de la misa, le había vestido con la cota de mallas, y le había preparado sobre la sobrevesta, la espaldera. Después de las glebas, le coloqué el yelmo, y ceñí la espada a su cintura. Por mi parte, me armé con espada y puñal, habiéndome puesto también una cota bajo mi túnica. Tras la ceremonia, nos dirigimos a nuestros puestos y nos aprestamos a luchar.

Desde la torre principal, vimos como grupos de jinetes cabalgaban en dirección a la puerta del Este para penetrar en la fortaleza. Les seguían tropas de infantería, armadas con cimitarras, lanzas y arcos. Por el Sur y Oeste, se acercaba a pie las tropas mozárabes, trepando por los riscos, y acercando las escalas de madera y cuerda que habían construido a los pies de las murallas para trepar por ellas. Me situé junto a Iñigo, que desplegó veinte caballeros en el frente noroccidental entre las almenas. Los otros diez, los sumó a las tropas que el rey había dispuesto para defender la puerta y sus murallas.

Los asaltantes tenían pocas máquinas de asedio, lo que al final decantaría la lucha, a uno u otro lado, por la fuerza de los brazos y el empuje de la voluntad. Descendimos de la torre y nos sumamos a la defensa de la muralla del lado oeste.

Las primeras escalas apoyadas en los muros ya volcaban al interior de las almenas, a moriscos que gritaban el nombre de Ala y se lanzaban con fiereza sobre nosotros.

El adarve* se iba llenando de asaltantes y decidimos realizar una carga desde ambos lados, partiendo de las torres esquineras para coparlos en el frente. Iñigo, en cabeza de un pequeño grupo de tres caballeros, se lanzó adelante gritando por Dios, y golpeó a diestro y siniestro. A cada movimiento de su hoja, caía a sus pies un infiel. Con el escudo presto, paraba los golpes que le lanzaban, mientras él empujaba y apartaba a sus enemigos para profundizar en el avance. Nosotros le seguimos, usando también nuestras espadas y matando a quién se nos cruzaba. No perdía de vista a Iñigo que en ese momento se enfrentaba, cara a cara, con un oficial morisco. Este, alto y nervudo, con barba negra sobre tez oscura, miraba a mi amigo y maestro alevosamente, con una mueca de odio, mientras su cimitarra golpeaba el escudo de Iñigo.

* Es el camino que se construía detrás de las almenas o parapetos y transcurrían a lo largo de la muralla. Servía para que los defensores pudieran moverse por la parte superior

El templario, los pies firmes en el suelo, paraba las acometidas del sarraceno y, cuando bajaba la guardia, devolvía los golpes, tajando y cortando con la velocidad del rayo. El morisco presentaba varios cortes en brazos, y una fea herida en la pierna. Una abolladura en el casco mostraba dónde la había alcanzado un mandoble de Iñigo. Este, por su parte, había recibido algunos rasguños, pero no le impedían tomar la iniciativa en el ataque. Avanzó hacía el oficial moro, y realizando una finta de estocada, cambió la dirección de arma para golpear el cuello.

El morisco que cubrió su torso con su cimitarra, no vio llegar la hoja que le quitó la vida. Con un corte limpio, el oficial fue al suelo medio decapitado por la fuerza del espadazo. Apartándolo de un empellón, Iñigo siguió combatiendo para reunirse con el otro grupo en el centro del adarve.

En las puertas del castillo, las cosas no se desarrollaban bien para los cristianos. Los moriscos habían penetrado forzando las puertas y combatían ya en el patio interior. Algunos grupos de ellos se dispersaban entre las dependencias buscando rodear a los nosotros y atacarles por la espalda.

Nuestro grupo se había reunido en el centro del tramo que defendíamos, pero seguían llegando infieles. Habíamos podido quemar algunas de ellas volcando brea y aceite y aplicándole fuego, pero iban superando en número poco a poco. Iñigo, divisó al líder morisco en el patio comandando a los suyos. Girándose hacia un hermano le dijo:

- Quédate al frente de la zona. No cedas bajo ningún concepto.

Me cogió del brazo y tirando de mí, bajamos del muro y nos dirigimos a las cuadras.

- Fernando, tráeme tu arco y la alijaba llena de flechas. ¡Rápido!

Salí corriendo en busca de lo pedido, mientras Iñigo ensillaba un corcel blanco. Se quitó la coraza para que destacase su sobrevesta blanca con la cruz patada en el pecho.

En ese momento llegué a la cuadra, y al verlo le dije:

- ¡No podéis quitaros la espaldera! ¡Os herirán fácilmente!

- No te preocupes, Fernando, amigo mío. Saca tu espada y sígueme.

Montado a caballo, llevó a este a la torre principal y haciéndolo subir por los escalones, salió por una puerta lateral al adarve del lado este. Allí, desde lo alto, hizo encabritar y relinchar al caballo. Durante un momento, la cacofonía de ruidos metálicos, lamentos e insultos se cortó. En el silencio que transcurrió, le oí decir:

- Por Dios y San Jorge. La victoria es nuestra

Comenzó a disparar rápidamente flecha tras flecha contra las tropas moriscas, alcanzando con cada lanzamiento a un enemigo, que caía muerto al instante. Vislumbró a Al Azraq, y apuntando con cuidado, lanzó una saeta que le alcanzó en el cuello, por encima de su coraza.

Los cristianos vitorearon y reanudaron la defensa con ardor, pensando que el mismo San Jorge había bajado de los cielos para ayudarlos en la contienda. Los moriscos, al ver la imagen, la identificaron como Walí, un guerrero sagrado en el Corán, y comenzaron a retroceder desmoralizados, pensando que su aparición suponía un mal augurio para sus intereses. Las bajas de los asaltantes comenzaron a ser muy grandes, y los capitanes ordenaron la retirada del castillo.

Eran pasadas las cinco de la tarde, cuando, tras más de ocho horas de combate continuado, las tropas realistas se hacían dueñas del castillo y levantaban el asedio.

Sentados en la mesa del salón, con Jaime I encabezando la misma, puesto en pie nos decía:

- habéis luchado bien, por Dios, por San Jorge, y por toda la cristiandad, El Señor tendrá en su seno a los hombres que hoy han dado su vida, y procuraremos que su sacrificio no haya sido en vano.

Vos, mi Señor Iñigo, habéis demostrado un valor y una templanza pocas veces vista. La iniciativa de animar a nuestras tropas a caballo, y el daño que les habéis infringido con vuestro arco, ha decantado a la victoria de nuestro lado. No imaginaba que los templarios manejaran el arco.

- Ni yo, mi Rey. Me acostumbre a su manejo por la habilidad que ha demostrado con él mi escudero Fernando. Hoy se ha demostrado práctico y os aseguro que lo incorporaré a mis armas a partir de ahora.

Todos rieron la ocurrencia, y con un brindis final, el rey se sentó y comenzó el banquete de la victoria.

Al día siguiente, fueron recibidos por el rey en el salón.

- Majestad. Si nos autorizáis, querríamos regresar a Sainte Eulalie, para terminar la formación de Fernando como caballero.

- Mi señor Iñigo. Nada me complacería más que continuaseis a mi lado para finiquitar la contienda, pero lo cierto es que, con esta victoria, el enemigo ha quedado muy maltrecho, y con las tropas que he traído, puedo terminar con la rebelión. Sé que no admitís obsequios, pero quiero daros una muestra de mi gratitud. Aceptad cada uno de vosotros estas dagas. Cuando las portéis, espero que me recordéis. En cuando a ti, Fernando, escribiré a tu padre para decirle lo bien que te has comportado en combate, y para que inicie pronto los tramites de nombramiento. Tienes mi bendición.

- Gracias, mi Señor - dije emocionado.

- Iñigo. Marchad en paz y con el agradecimiento el rey de Aragón y valencia. Disponed de las monturas que preciséis en las cuadras del castillo.

- Gracias, mi Señor. - Iñigo se acercó al monarca, y agachándose sobe la mano del rey, la besó y se puso de pie.

En el patio del castillo, vimos como los lugareños ayudaban a los soldados a recomponer los estropicios que la batalla había provocado. Ya en el establo, elegimos dos caballos fuertes y altos, los preparamos y cargamos nuestras alforjas y con ellos de las riendas, fuimos a la puerta del castillo. Allí esperaban el resto de los templarios que nos habían acompañado. Llevábamos con nosotros, sobre las grupas de las bestias, los cuerpos envueltos en sábanas blancas, de los cinco hermanos caídos en el combate. La tropa de infantería quedaría con el rey y al terminar la campaña, se incorporarían a la Encomienda.

Montando en silencio, nos dirigimos a la puerta que habían abierto los soldados de guardia. Sin mirar atrás, salimos y bajando por el sendero al llano, nos dirigimos al norte, camino de Sainte Eulalie.

SIETE

Llevábamos más de un mes en Sainte Eulalie, y tras narrar Al Senescal Enric nuestras aventuras por levante, proseguimos con el entrenamiento. La experiencia me había marcado, tanto en el sentido físico, como espiritual. No es fácil mirar a otro hombre cara a cara, y arrancarle la vida, pero tampoco es menos cierto que nuestra lucha por preservar la fe y los valores por los que combatimos, nos hacen más fuertes a la hora de tomar decisiones drásticas. Al terminar las jornadas, en la capilla, hablábamos de mi futuro. Pronto sería llamado por mi padre para el nombramiento de caballero, y una vez consumada la ceremonia, debería escoger si esta era la vida que quería seguir, o, por el contrario, debería plantearme que otro camino elegir.

Ese día, cuando terminábamos el entrenamiento con una justa de espadas a caballo, se nos acercó a galope un sargento.

- Mi señor Iñigo, Enric de Rouergue os pide que acudáis presto ante él.

- Gracias, hermano. Adelántanos y dile que acudimos raudos.

Sin más, nos pusimos a trote en dirección al Sainte Eulalie. Al llegar, dejamos las riendas de las monturas en manos de los sirvientes del establo, y subimos las escaleras que conducían al salón principal. Allí, Enric de Rouergue platicaba con otros caballeros. Al vernos entrar, los despidió y levantándose de la silla, se aproximó a la ventana haciéndonos señas para que nos uniéramos a él.

- Buenos días, hermanos. Perdonad que os haya interrumpido, pero tengo que transmitiros una encomienda personal del padre de Fernando, Romualdo de Arienzo.

Me quedé estupefacto por el comentario. Impertérrito, Iñigo miró fijamente a los ojos a Enric y le preguntó:

- ¿Que puede urgir tanto al padre de Fernando para que Vos nos halláis mandado llamar tan presurosamente?

- Romualdo no se encuentra todo lo bien que debiera. Su salud se ha resentido estos últimos meses. Hemos mantenido correspondencia fluida desde que Fernando está aquí, transmitiéndole los grandes progresos que nuestro amigo ha hecho. Por ello, ha pensado que puede ser un buen momento para ser nombrado caballero. Luego Fernando tendrá ocasión de elegir que quiere hacer en el futuro.

Viendo que su salud no es tan buena como debería, ha sugerido que os trasladarais a Arienzo para que la investidura se realice lo más pronto posible. Me ha pedido autorización para, si lo aceptáis, ser Vos el padrino de la ceremonia.

- Por supuesto Señor. Será un honor para mí, si Fernando me acepta, ser su padrino de nombramiento.

- Sí, mi Señor. No podría tener más placer que teneros junto a mí en ese momento tan crucial. - respondió Fernando emocionado. Girando la cabeza hacía Enric, le preguntó - ¿Sabéis algo más del estado de mi padre?

- Se encuentra delicado, pero me transmite que aún puede levantar la espada para mayor gloria de Dios. Tu padre tiene una gran fortaleza y Nuestro Señor cuidará de él.

Ha enviado una escolta de seis hombres y la ha puesto a tu mando Iñigo. Cuando deseéis, podéis partir.

. Sea pues. Esta noche oraremos en la capilla para pedir por la salud de Romualdo, y mañana, al alba partiremos para Arienzo.

Enric se nos aproximó a los dos y nos dio un beso fraternal, deseándonos los mejores parabienes para el viaje que se avecinaba.

Aún no había asomado el sol por oriente, cuando salimos del castillo. Cabalgábamos en columna de a dos, en silencio, aprovechando estos momentos de quietud y silencio sólo rotos por los ruidos de los pájaros y animalillos del bosque.

Ensimismado en mis pensamientos, llevaba mi montura junto a la de Iñigo, con la cabeza baja y sumido en un silencio ominoso.

- No te preocupes, Fernando. - Me miró Iñigo sonriendo animosamente - Verás como se encuentra mejor de lo que piensas. Es un hombre muy fuerte. Ha visto y vivido mucho y una enfermedad no va a poder con él.

Afirmando con la cabeza, seguí en silencio dándole vueltas a la cabeza. Me venían recuerdos de mi infancia. De como mi padre, al terminar el día, siempre sacaba un momento de tiempo para acercarse a mí para jugar unos minutos. Preguntaba a mi tutor sobre mis progresos, y siempre fue cariñoso conmigo y mis hermanos.

Levanté la vista, mire al frente y con los labios prietos, continúe la marcha.

Llegamos a Arienzo pasado el mediodía. Atravesando la villa, vi como había crecido. Construcciones cerca del río mostraban su expansión a lo ancho, y también a lo largo. Se veían cultivos por donde alcanzaba la mirada. Como siempre, y la visión me llenó de nostalgia, aprecie como los niños jugaban con espadas de madera en el ribazo, junto a los juncos que se extendían a lo largo de la corriente. Poco más adelante, unas mujeres lavaban las ropas de sus hombres mientras hablaban a voz en grito y reían con alguna procacidad. Las jóvenes se sonrojaban ante el comentario y las risas se generalizaban.

Subimos la rampa que accedía al castillo, y los guardias del portalón, al reconocer a nuestra escolta, corrieron raudos a abrir las puertas. Llegó a mis oídos el ruido habitual del patio de armas, ese ruido del que yo había sido protagonista en muchas ocasiones. Los soldados cruzaban sus armas entrenándose bajo la atenta mirada de sus oficiales. En las cuadras, los mozos llenaban las artesas con el forraje para alimentar a los caballos. En la forja, Florián, envejecido pero reconocible, golpeaba sobre un yunque una hoja de hierro con un pesado martillo, mientras que, con la mano que sujetaba las tenazas, iba girando esta para darle la forma que pretendía.

Sentado en las escaleras que conducían al interior de la torre, Constancio observaba como lidiaban los soldados, bramando de cuando en cuando, para corregir errores y alabando los aciertos de los contendientes.

Al vernos entrar, se levantó y entrecerró los ojos. Sus cejas espesas si unieron como si fueran una sola. Al reconocernos, saltó los escalones de un golpe, y corrió acercándose mientras gritaba sonriendo.

- ¡Voto a bríos! ¡Cuando bueno por aquí! - Se paró a unos pasos de nuestras monturas y poniéndose serio, nos preguntó - ¿Ha pasado algo?

-Tranquilo, mi buen Constancio - Iñigo le sonrió descabalgando - Hemos venido a requerimiento de vuestro Seños, que nos ha mandado llamar.

- Pues bienvenido seáis. Fernando. Deja que te vea. ¡Pero si eres más alto que yo! ¡Pero no creo que seas tan fuerte!

-Nadie puede ser más fuerte que tú, Constancio - Riendo, Fernando se apeó y se abrazó a su maestro y amigo. - ¿Seguís maltratando a los jóvenes y dándoles palizas?

- ¡Bah! Hay que endurecerlos - siguió la broma sonriendo - si no, se vuelven muy tiernos y eso en combate, es garantía de una muerte segura.

- Bien dicho - Remachó Iñigo - ¿Podemos ver al señor Conde?

Debe estar ahora en el salón de la torre. Subid las escaleras, ya conocéis el camino. Cuando terminéis, me gustaría invitaros a una jarra de vino.

- Sea pues. Nos vemos luego.

Despidiéndose con un apretón de antebrazo, subieron los escalones y penetraron en el interior de la torre.

El salón estaba iluminado por la luz que entraba por las grandes ventanas. Sobre la mesa, dispuesta en cuencos habían servido la comida del mediodía. La estancia se mostraba tal y como la conocía. El pendón de la casa de Arienzo colgaba tras el sillón principal. A los lados, entre los apliques de las antorchas, colgaban escudos con blasones de casa nobles de tierras colindantes. Algunos sirvientes se movían por las esquinas y paredes, limpiando y recogiendo. Mi padre, sentado en si sillón, apoyada la cabeza en la mano, miraba como ausente a través de la ventana.

- ¡Padre! - Exclamé al verlo, sintiendo dentro de mí las muchas ganas que tenía de llegar a este momento.

- ¡Fernando, hijo. ¡Gracias a Dios que estáis aquí!

Se levantó, y bajando del escabel donde se encontraba, se acercó a nosotros. Me abrazó con fuerza, y sentí la intensidad de sus sentimientos hacía mí, que correspondí de la misma manera. Luego, se acercó a Iñigo, al que abrazo también diciéndole:

-Gracias por venir, hermano.

- Sabes que siempre me tendrás a tu disposición, amigo mío. ¿Qué tal te encuentras-

- Reconozco que he estado mejor. Pasé unos fríos en invierno que me dañaron los pulmones, El físico no me deja realizar mucha actividad, y me paso el día mirando por la ventana, como si fuera una doncella.

- Probablemente, la doncella más fea del condado, ¿verdad?

- Bien cierto es eso, sí - Se río Romualdo. De pronto, un acceso de tos le impidió continuar. Lo sentaron en el poyete de la ventana y le acercaron una copa de agua.

- Gracias. Esta tos a veces me saca de mis casillas. Me agota.

Perdonad que os haya hecho venid de esta manera, pero creo que es el momento de nombrar a Fernando caballero. Enric me ha estado escribiendo desde Larzac y me comenta en sus misivas que sus progresos han sido muchos y buenos.

- Así es. Yo mismo no lo hubiera dicho mejor.

Pues entonces, prepararemos la ceremonia de nombramiento para dentro de dos días, si os parece bien. Así tendrás tiempo Iñigo, de explicarle como proceder y en qué consistirá.

- Sea así, mi señor, si así lo deseáis.

- Fernando. Tu madre está arriba y ha preguntado por ti todos los días desde que envíe la misiva. Sube a darle un beso y luego, tomaremos una copa de vino todos juntos.

Y despidiéndome, cogió del brazo a su amigo y se acercó a la ventana para hablar con él. Dándome la vuelta, me encaminé a la salida del salón y subí por los escalones dirigiéndome a los aposentos de mi madre.

Al finalizar la tarde del día siguiente, Iñigo se presentó en mi cámara para llevarme a la capilla de la castilla. Vestido únicamente con una túnica blanca, había realizado una pequeña colación a la mañana, que sería la última hasta después de la investidura*.

bajamos los escalones hasta la pequeña capilla. Allí, tras despedirme de mi padrino de ceremonia, me arrodillé ante el altar y me dispuse a pasar la noche en oración.

* Pastoreau, Michel: "La vida cotidiana de los caballeros de la tabla redonda". En Ed. Temas de hoy. Colección Bolsitemas. 1976. Págs. 24-25

A la mañana siguiente, Iñigo vino a buscarme. Me acompañó de nuevo a la cámara donde dos sirvientes me cambiaron la túnica por otra gris, con el escudo del blasón de mi padre bordado en el pecho.

Vestido así, mi padrino me llevó al gran salón donde el conde y mis hermanos, nobles venidos de otros territorios y los representantes más significados de la villa de Arienzo estaban esperando. En un lateral, mi madre, con mis hermanas, sonreían ilusionadas por la magnitud del evento. Junto a la ventana, formaban hombres de armas del Condado.

Caminé por el pasillo formado y al llegar bajo el sitial, puse rodilla en tierra y esperé. El capellán bendijo entonces las armas que se me iban a imponer, y mi padrino fue entregándome las insignias de mi cargo. Un escudero iba vistiéndome con ellas. Primeramente, puso la espalda en mi cintura y después cálceme las espuelas.

A continuación, me pasó por la cabeza la cota de malla, y tras colocarla adecuadamente, me encasquetó el yelmo. Por último, me entregó la lanza y el escudo, este con el escudo de la casa de mi padre.

Durante la ceremonia, fui recitando el juramente por el que comprometía mi vida en cumplimiento de las costumbres y obligaciones propias de la caballería. Volví a arrodillarme y mi padre se levantó y se acercó a mí. Extendiendo su mano, desenvainé la espada y se la ofrecí por el pomo. La asió, y tocando suavemente en el hombro exclamó:

- En el nombre de Dios, de San Juan y de Santiago el Apóstol, te armo caballero.

Me devolvió la espada mi padre, y cogiéndome de los hombros, me alzó y me dio un beso en la frente. Terminada la ceremonia, tuvimos un banquete donde pudimos comer y beber, contando aventuras pasadas y anécdotas acaecidas. Fueron buenos momentos los que pase. No pensaba en que inquietudes me podrían devenir en el futuro.

OCHO

Días más tarde, estábamos de regreso en Sainte Eulalie de Cernon. Enric Rouergue estaba en el patio cuando entramos en el castillo. Al vernos, se nos acercó y agarrando por las riendas los caballos, nos ayudó a descabalgar. Preguntó mirándome:

- ¿Fernando, que se siente siendo caballero?

- Mi señor. Sólo soy un siervo de Dios, con habilidades para poder defender su nombre y palabra ante los infieles con una espada en la mano.

- Y con un arco también, Fernando, no te olvides - ironizó Iñigo sonriendo.

Todos reímos y nos fundimos en un fuerte abrazo con el senescal. Después de dejar nuestros hatos en el dormitorio de caballeros, fuimos al salón. Delante una copa de vino aguado, Enric nos comentó que los vientos traían malas noticias de oriente. La estrecha franja que aún controlaban los cristianos se veía continuamente asediada por huestes sarracenas.

El propio gran maestre, Guillaume de Beaujeu, le había transmitido un recado para Iñigo y, si Fernando, profesaba, para él también.

- Os necesitan allí. Tú, Fernando, no te sientas obligado. Sabes que tu decisión la de profesar o no las reglas de la orden, y aquí siempre encontrarás camaradas y compañeros de armas, te incluyas o no en la orden.

- Os lo agradezco señor - respondí con semblante serio - Precisamente hemos hablado sobre esto en el viaje de vuelta. Mi intención es, si lo aceptáis integrarme en la hermandad y acoger con gusto los sufrimientos y penares que haya de pesar para mejor gloria de Dios y de la orden.

- Me satisface mucho oír esas palabras. - Enric sonrió - Esta misma tarde hablare con los hermanos, pero sabes que eres apreciado en nuestra comunidad. Dado que el requerimiento del gran maestre parecía urgente, si no tenéis inconveniente, prepararemos la ceremonia lo más pronto posible, para acelerar vuestra partida a ultramar. Voy a convocar capítulo y nos reuniremos para los rezos vespertinos.

Nos despidió y se dirigió a dar las órdenes pertinentes. Por nuestra cuenta, fuimos a nuestro dormitorio a descansar antes de acudir a la capilla por la tarde.

Al anochecer del día siguiente, había sido admitido en la orden como caballero templario. Después de leérseme la regla que Bernardo de Claraval estableció para los miembros de la hermandad, y tras pasar las pruebas preparatorias, fui recibido en la capilla de la Encomienda por todo el capítulo.

A mi lado, Iñigo Aretxaga, quién transcurridos estos años de formación y aprendizaje se había convertido, además de mi mentor, en mi amigo, era también mi padrino de ceremonia*. Me miró y afirmó con la cabeza dándome ánimo.

Nos encontrábamos en la parte de fuera de la capilla. Yo, vestido únicamente con la túnica, sin capa ni espada.

Dos caballeros templarios profesos, a instancias del gran prior, me preguntaron quién era, que quería, y si era verdad que deseaba ser admitido en la orden del templo.

Cuando respondí afirmativamente a las tres preguntas, me acompañaron al interior de la capilla, escoltándome y llevándome de las manos. En su interior, un círculo de caballeros nos estaba esperando. Me introdujeron en el círculo y me señalaron que me pusiera de rodillas.

Pedí delante del gran prior, como mandaba el ritual *"Señor, he venido ante Dios, y ante vos, y ante los hermanos, y os ruego y requiero por Dios y por Nuestra Señora, que me acojáis en vuestra compañía y en los beneficios de la casa como a quien por siempre en adelante desea ser siervo y esclavo de la casa*

El prior respondía a mis peticiones *"Noble hermano, gran cosa pedís, pues de nuestra religión no veis más que la corteza que está fuera, más esa corteza en que nos veis poseer hermosos caballos y bellos arneses, nos veis bien beber y bien comer, y bellamente ataviados, y os parece que aquí estaréis muy a placer.*

Mas no conocéis los fuertes mandamientos que contiene, pues es cosa extraña que vos, que sois señor, os hagáis siervo de otros, pues con gran dificultad haréis cosas que vos queráis.

* Pernoud, Regine: "Los templarios". En: Ed. Siruela. Biblioteca Medieval. 2005. Págs. 108-115.

Si queréis estar en tierra de este lado del mar, seréis mandado al otro lado.

Si queréis estar en Acre, seréis mandado a la tierra de Trípoli, o de Antioquia, o de Armenia, o a otras tierras en las que tenemos casas o posesiones. Y si queréis dormir, se os hará velar, y si queréis por ventura velar, se os mandará que vayáis a reposar en vuestro lecho.

"¿Sois caballero? ¿Estáis sano de cuerpo? ¿Habéis contraído esponsales? ¿Sois casado? ¿Habéis pertenecido ya a otra orden? ¿Tenéis acaso deudas que no podáis satisfacer por vos mismo o por medio de vuestros amigos?

Después de responder adecuadamente a las preguntas que me iba haciendo, y tras un momento de silencio, el prior, solemnemente me preguntó:

"¿Queréis ser, todos los días de vuestra vida en adelante, siervo y esclavo de la casa? ¿Queréis dejar vuestra propia voluntad todos los días de vuestra vida en adelante, para hacer lo que os mande el Comendador?

Con voz alta respondí *"Sí, Señor, si place a Dios".*

Se me ordenó abandonar la capilla, hasta que fui requerido de nuevo en ella. Me arrodillé ante el gran prior, y juntando las manos, solicité*: "Señor, vengo ante Dios, y ante vos, y ante nuestros hermanos, y os ruego y requiero, por Dios y por Nuestra Señora, que me acojáis en vuestra compañía y en los beneficios de la casa, espiritual y temporalmente, como a quien desea ser siervo y esclavo de la casa todos los días de su vida en adelante"*

El gran prior, ayudado por dos hermanos templarios, me pusieron el manto de la Orden con la cruz y me ciñeron la espada. Con la recitación del salmo de admisión "¡Oh, cuán bueno y grato es vivir juntos!". El gran prior me dio un accolade* y el ósculo de la fraternidad.

Salimos de la capilla, ya como hermanos, y nos dirigimos al comedor donde cenamos un plato de carne con queso y un trozo de pan, acompañando la comida con vino aguado.

Al día siguiente, el prior nos llamó a Iñigo y a mí al salón, donde nos comunicó que al alba partiríamos a Marsella, donde embarcaríamos en dirección a San Juan de Acre, parando previamente en Chipre para hacer entrega de unos documentos al Senescal que regía la fortaleza de Limassol.

Nos señaló que la situación era delicada en tierra santa y quería información de primera mano. Para ello, contaba con que participásemos de la defensa de la plaza y después de un año, volviéramos a Francia. Entregó a Iñigo una carta doblada y sellada, y le pidió que se quedará a solas con él un momento. Entendiendo que quería estar a solas con mi compañero, me despedí y me encaminé al patio de entrenamiento.

Embarcamos en Marsella un día claro, con el cielo azul. Algunas nubes blancas embellecían la mañana. El muelle estaba abarrotado con trasiego de mercaderías que se cargaban en los barcos, o se descargaban para transportarlas a los colmados. Embarcamos pasando por entre los grupos que regateaban precios de pasaje y pagos por peajes.

* En el original: espaldarazo, premio, honor

El capitán, al reconocernos por nuestros atavíos, dio voces para que se nos dejara embarcar y tras saludarnos, dispuso que un marinero nos llevara a nuestro alojamiento.

Llevábamos navegando unos días. Durante la travesía, ocupábamos las mañanas entrenando en cubierta con las espadas y lanzando contra la tapa de un barril, nuestros cuchillos y hachas. Tres días después, llevados por un viento de poniente que facilitó la travesía, arribamos al puerto de Limassol. Desembarcamos y preguntamos a un soldado con la cruz de la orden en el pecho, como llegar al castillo. Seguimos sus indicaciones y tras salir de la zona portuaria, al rato comenzamos a subir las rampas que finalizaban en la puerta de la fortaleza. Nos recibió el senescal, que nos agasajó con una copa de vino dulce. Mojándose los labios, nos dijo:

- Estáis probando el mismo vino que se sirvió en la boda de Ricardo Corazón de León, rey de Inglaterra. Se produce cerca de aquí, en kolossi, donde la orden tiene otro castillo.

Celebramos la calidad del caldo, y mirándonos Iñigo y yo, comenzamos a tratar el tema que nos ocupaba.

- Os traigo, mi señor, unas cartas de vuestro interés, de parte de Enric de Rouergue.

- Mi buen Enric. ¿Qué tal está?

- Bien, gracias a Nuestro Señor. Me ha comentado que la situación en oriente no es buena, y hacía allí nos dirigimos. ¿Queréis que entregue algo de vuestra parte al Gran Maestre?

Haré algo mejor. Prepararé tropas para que vayan a reforzar las defensas de San Juan. Vos podéis, si os place, llevarle de mi parte unas jarras de este buen vino, para levantar el ánimo de nuestros hermanos.

- ¡Sea pues! mañana a primera hora partiremos. Queremos llegar lo antes posible.

NUEVE

Divisamos el puerto de San Juan de Acre al amanecer. Las noticias que nos había facilitado el senescal de Limassol no eran buenas para la cristiandad. Desde que las fuerzas de Saladino nos vencieron en la batalla de los cuernos de Hattin, la influencia y poderío de los ejércitos cristianos había disminuido mucho en la región. El traslado de las órdenes militares a San Juan fue una viva muestra de lo acaecido. Los sarracenos controlaban el sur y centro de la península.

Hubo que establecer alianzas provisionales con egipcios e incluso mongoles, lo que permitía establecer un precario equilibrio en la zona, aunque menudeaban escaramuzas en zonas limítrofes de cuando en cuando.

Se había establecido un sultanato en Egipto y estos, habían decidido a toda costa eliminar el cristianismo del territorio. Su líder, Baibars, iba tomando fortaleza tras fortaleza, arrinconando a los cruzados. Cuando cayeron Jaffa y Antioquia, Europa quiso recuperar el terreno, pero las cruzadas dirigidas por Luis IX y por Eduardo de Inglaterra no tuvieron éxito. Ni tan siquiera el Papa Gregorio pudo exaltar a los fieles y promover un gran movimiento que compensara las pérdidas sufridas. En los últimos años, hasta el rey de Jerusalén Enrique II se había retirado a Chipre abandonando Palestina por la inseguridad de la zona.

A nuestra llegada a puerto, nos esperaba en el muelle un sargento de armas y dos escuderos. Tras saludarnos, y mientras los escuderos se hacían cargo de nuestro equipaje, el sargento nos acompañó bordeando el malecón hasta entrar en el barrio veneciano. A través de él, y cruzando las estrechas callejuelas que formaban el conjunto ítalo, junto al barrio genovés y al barrio pisano, llegamos a la fortaleza de la orden, en una altura desde la que se dominaba el abra del puerto y las costas occidental y meridional.

Las caras que Iñigo y yo habíamos visto en el muelle eran de sufrimiento y derrota. Sin mirarnos de frente, los lugareños rehuían nuestra mirada y se apartaban presurosos como si pudiéramos contagiarles algún mal. Los musulmanes que vendían su género en las calles se mantenían en general apartados de los cristianos y no se apreciaba que el comercio floreciera como antaño.

Al llegar a la fortaleza, nos esperaba el Gran Maestre Guillaume de Beaujeu el cual, tras darnos un abrazo y beso de bienvenida nos acompañó en persona a nuestros aposentos. Allí nos confirmó lo que en Chipre nos habían señalado. Nos dejó descansar y nos recordó que, tras la oración en la capilla, cenaríamos y nos presentaría a los demás hermanos.

A la mañana siguiente, acompañados del sargento que nos recibió a nuestra llegada, decidimos explorar los alrededores de Acre. Aprovechamos la salida para estudiar el entorno y valorar las líneas de defensa. Una alianza, firmada de forma forzada entre el rey de Jerusalén desde Chipre y el sultán Malik al-Mansur, permitía mantener todavía el cinturón costero en poder cristiano y una casi imposible paz, aunque los espías sarracenos intentaban echar encima de los cruzados a la población.

Recorrimos los alrededores y al anochecer, tras los rezos con los hermanos, nos reunimos con el Gran Maestre.

- La gente está nerviosa. Los musulmanes nos miran con recelo – Comenzó Íñigo la conversación – Paree que estamos sobre un polvorín listo para estallar en cualquier momento.

- Así es – Respondió cabeceando Guillaume – Las escaramuzas se suceden cada vez con más frecuencia. Los espías egipcios ponen a la población en nuestra contra, y para más males, los pocos refuerzos que llegan no tienen ni la fe ni la convicción para luchar aquí. Bastantes de ellos son desalmados. Tenemos que vigilarlos más que a los turco-egipcios.

- Pues confiaremos en Dios, como hemos hecho siempre, y que sea lo que Él quiera.

Yo escuchaba en silencio la conversación y pensaba para mis adentros que nuestra estancia en Palestina iba a ser complicada. Terminamos con un Padre Nuestro y nos fuimos a descansar a nuestro barracón.

El resto del año transcurrió guerreando con pequeñas partidas de egipcios y turcos que se acercaban a los peregrinos con aviesas intenciones. Cuando cargábamos contra ellos, rehuían el combate y escapaban por las lomas. Esto nos provocaba una gran frustración, pero ofrecíamos a Dios, Nuestro Señor, por las penalidades que estábamos padeciendo. El pacto al que había llegado Enrique, rey de Jerusalén y el sultán mameluco Qalaun apenas era respetado por ellos, mientras que públicamente, se quejaban del trato que los templarios y hospitalarios dábamos a sus gentes.

A principios del año de Nuestro Señor de mil doscientos noventa y uno, el rey Enrique de Jerusalén y el príncipe mongol firmaron una alianza que nos daba esperanzas de poder mantener una paz, aunque fuera temporal en la región. Lamentablemente, la muerte prematura del príncipe tártaro y la malhadada llegada de un grupo de voluntarios a las cruzadas de origen genovés, sin preparación militar y sin convicción, puso las cosas más difíciles todavía. Un grupo de borrachos y pendencieros que, sin necesidad ni aviso, por pura maldad, agredieron y mataron sin motivo, a numerosos musulmanes incluyendo a mujeres y niños. El sultán reclamó la entrega de los desalmados para castigarlos. El Gran Maestre de nuestra orden, junto al mando de plaza de los caballeros hospitalarios se negaron a ello, aduciendo que se encargarían de impartir justicia, una justicia rápida y que serviría de ejemplo para los demás.

Esta fue la mecha que estaban esperando para ordenar el avance de un ejército compuesto por turcos y egipcios, llamados desde todos los puntos del sultanato, en dirección a Acre, comandados por Al-Ashraf Jalil. Algunos veteranos comentaban que sus espías les habían dicho que nos íbamos a enfrentar a casi cien mil hombres. Traían, además, máquinas de asedio en gran número, lo que, por otra parte, contradecía la espontaneidad de la acción, y hacía ver que todo había sido preparado para aprovechar cualquier oportunidad que se presentase para atacar, como así había sido.

En abril del año de Nuestro Señor de mil doscientos noventa y uno, el ataque de las tropas había comenzado. Nuestras tropas sumaban unos catorce mil soldados y cerca de ochocientos caballeros. Los más avezados manifestaban que ya que el fin se aproximaba, darían su vida para mayor gloria de Dios. Todos los hermanos se juramentaron para impedir, hasta su último aliento, la entrada de los infieles, aunque la diferencia entre ambos ejércitos sólo permitía prever un desenlace.

El Gran Maestre se coordinó con el Mariscal de la Orden de los Hospitalarios para proteger las zonas más peligrosas de la ciudad, Así pues, nos encargamos de organizar las defensas de la zona norte, teniendo nuestro pabellón en la puerta de Maupas, mediante la que se podía acceder al barrio de Montmusart. Los hermanos hospitalarios se desplegaron hacía el Suroeste, y se acuartelaron en el castillo del rey.

Confiábamos en que la distribución que nuestros constructores habían hecho de la fortaleza pudiera ser suficiente para frenar a los sarracenos. El sistema de doble muralla y las torres que las circundaban parecían ser defensas recias y consistentes. Aún asía, los infieles montaron el sitio enfrente de nosotros y se desplegaron igualmente en dos grandes ejércitos que, rápidamente comenzaron a construir las catapultas y demás máquinas de asedio.

Cuando terminaron de montar los aparatajes de guerra, comenzaron un bombardeo continuo de grandes rocas que impactaban con furia sobre los muros y tejados de las casas. Acompañaban esta avalancha de lanzamientos de jabalinas y flechas que oscurecían el cielo, de tantas como eran, antes de caer con fuerza sobre las almenas y el interior de la ciudad. Muchas de ellas, incendiarias, provocaban fuegos que los sitiados corrían a apagar presurosos, queriendo evitar que un incendio feroz corriera por la ciudad.

Nosotros recibimos nuestra parte del castigo, refugiándonos bajo los arcos y puertas, y cubriendo nuestros cuerpos con los escudos, que parecían erizos al final de la jornada, por la cantidad de saetas que en ellos se habían clavado.

Reunidos en capítulo en la capilla de la orden, se decidió realizar una incursión nocturna entre las filas sarracenas a fin de provocar los más daños posibles y mermar la moral de las tropas sitiadoras. Así resuelto, llevamos nuestros caballos hasta la puerta de Maupas, donde, en silencio, montamos sobre nuestros corceles. Se rogó al Gran Maestre que desistiera de encabezar la incursión como era su deseo, temerosos de que pudiera pasarle algo. No sin poner trabas al principio, accedió a que fuera mi amigo Iñigo de Aretxaga quien encabezara el ataque. Dispuse mi montura a su izquierda para proteger su flanco. Otros treinta caballeros montaban ya y frenaban sus caballos inquietos. En columna de dos, esperábamos que el centinela dispuesto en las murallas nos hiciera una señal.

Cuando este observó que los turco-egipcios se encontraban en el campamento descansando, agitó el brazo varias veces en dirección a la puerta. Dos soldados la abrieron, y salimos raudamente al exterior. Frente a la puerta, y sin dejar el trota, los caballeros se iban sumando a nosotros formando una única línea.

Cuando Iñigo observó que esta se mantenía firme, con un gesto de la mano, puso su montura al galope. Los demás le imitamos. De esta guisa llegamos hasta las proximidades del campamento. Entonces, uno de cada tres caballeros encendió una tea que portaba encima y entramos a tropel dentro del recinto. Los caballeros lanzaban sus antorchas sobre las jaimas*. El fuego prendió rápido, y en poco tiempo, un montón de hogueras iban señalando nuestro paso. Con gritos de guerra, cargamos sobre las tiendas y sobre todos aquellos que salían, desorientados y asustados al ver que eran atacados.

Infringimos tantas bajas como pudimos, atacando sin piedad y con frialdad calculada. Cuantos más infieles murieran en la incursión, tantos menos nos atacarían al día siguiente. Conseguimos llegar en línea hasta unos cien metros o algo más dentro del campamento. A una voz de Iñigo, dimos la vuelta y retornamos, mientras seguíamos golpeando con nuestras espadas a diestro y siniestro. Las hojas aceradas, bajaban y subían llenándose de sangre. Con el tiempo y a la luz de las hogueras, parecían que estaban hechas de acero rojizo, tanta era la impregnación que portaban.

Llegamos de nuevo a la puerta y tras atravesarla, descabalgamos en silencio. Iñigo, el último en descender del caballo, miró a su alrededor y vio que, gracias a Dios, no faltaba ninguno de los caballeros.

* Tienda de campaña de los pueblos nómadas del norte de África

Nuestro Señor nos había protegido. - Vamos a necesitar mucha protección visto lo ingente del campamento sarraceno - reflexioné mientras llevaba mi caballo a las cuadras agarrado de las riendas. - Son muchos más que nosotros. De todas formas, el designio de Dios decidirá nuestro destino.

Después de dejar en manos del mozo de cuadra al animal, me dirigí a la capilla. Quería rezar y poner en regla mis pensamientos antes de intentar dormir unas horas y enfrentarme al día siguiente.

DIEZ

Quince días llevábamos peleando, desde que comenzó el asedio de la ciudad. El Pachá Jalil había dividido su contingente en dos fuertes grupos. Por el lado norte, el ejército de Hama, al mando de Al-Malik se enfrentaba a nosotros con gran ímpetu, comenzando cada mañana con el lanzamiento de piedras que impactaban con un ruido seco, en los muros de la fortaleza. Los zapadores musulmanes, tenaces en su trabajo, habían socavado gran parte del subsuelo avanzando y minando el suelo bajo los muros, lo que incrementaba el poder destructivo de las catapultas.

Por el lado este, el ejército turco-egipcio al que llamaban de Damasco estaba comandado por Ruk ad-Din Toqsu. El general volcaba sus esfuerzos en destruir la torre maldita. Las tropas cristianas desplegadas en ese sector, estaba compuestas por caballeros y tropa inglesa, franca y teutónica.

El castigo al que la puerta maldita era sometido era tal que el Mariscal del ejército del Rey, Konrad von Freuchtawangen, mandó un emisario al barrio de Montmusart que protegíamos.

Esa mañana, las tropas musulmanas nos hostigaban con particular saña. Desde antes del amanecer, una lluvia de piedras nos había machacado, no encontrando otra salida que guarecernos bajo los arcos y entre escombros.

Cuando llegó el emisario, Pedro de Sevrey nos mandó llamar.

- Iñigo, bienvenido seáis. Tengo que encomendaros una misión.

- Vos diréis, Mariscal. – Iñigo esperó en silencio.

- Acabo de recibir recado del mando del sector del rey pidiendo ayuda. Están siendo sometidos a un gran ataque, y su número de heridos es tal que necesitan un refuerzo para parar el mismo, y recuperar hombres con los que combatir otro día. Id con veinte caballeros de la orden y 100 soldados, y reforzar las defensas junto a la puerta de San Nicolás para defenderla. Los otomanos amenazan con entrar esta misma mañana si no lo remediamos.

- Sea pues.

Iñigo me miró y ordenó:

- Coge tu arco, y que te acompañen 30 arqueros.

Vio a un sargento pasar por el adarve y le espetó:

- manda 50 soldados al pie de la puerta. – A un caballero a su lado, le comentó – Hermano, llama a veinte o treinta caballeros y apréstate a partir.

Salimos raudos después de despedirnos del Mariscal y nos volvimos a encontrar en el patio. A la carrera, atravesamos el barrio de Montmusart, y cuando llegamos a la altura del castillo, giramos a la izquierda para pasar, tras atravesar una pequeña plaza, junto al cuartel general de los caballeros teutones, a una pequeña plaza. Allí, nos esperaba el Mariscal Konrad.

- Iñigo, amigo mío. Lamento verte en estas circunstancias, pero tu auxilio nos es preciso.

- Contad con nosotros, como siempre. ¿Qué necesitáis?

- Estamos sufriendo un severo ataque por parte de la infantería. Nos han lanzado de todo desde el amanecer, y las bajas sufridas ya han creado huecos en las defensas superiores. En poco tiempo, nuestras defensas caerán. Con vuestra ayuda podremos reforzar los sectores junto a la puerta, donde el ataque sarraceno es más fuerte y fortalecer la moral de las tropas.

- Bien. Nosotros nos encargaremos. - Me miró - Fernando, coge los arqueros y cubre el lado sur de la puerta. Yo, junto a los caballeros y al resto de la infantería, cubriré el lado norte.

Sin discutir, dí las órdenes oportunas y me encamine a la carrera por las escaleras hasta llegar al adarve del lado sur de la puerta de San Nicolás. Me asomé al exterior, y lo que vi me impresionó. Como si de un mar de cuerpos humanos se tratase, no se veía tierra bajo los cuerpos de las huestes de infieles que nos atacaban. Mientras unos pocos, falcaban las escaleras en el suelo, el resto, a fuerza de brazos las iban izando hasta dejarlas caer con un golpe seco contra las almenas. Inmediatamente, los soldados se lanzaban sobre ellas para trepar y allegar arriba. Su objetivo era claro: Establecer una cabeza de puente en el adarve, para permitir que el resto de las tropas trepasen y una vez conseguida la posición, extenderse a lo largo del muro, y comenzar la invasión.

Organicé mis arqueros en dos líneas de diez hombres, con dos pasos de diferencia entre ellas. A una orden mía, pusieron la primera flecha en la cuerda del arco y esperaron.

- ¡A mi voz! ¡Primera línea ...! a las almenas .... Apuntad .... ¡Soltad! ¡Un paso al lado! - Continué sin dejar de mirar lo que pasaba al pie de las murallas - ¡Segunda línea ...! a las almenas .... Apuntad .... ¡Soltad! ¡Dos pasos detrás!

Repetí la maniobra hasta que lanzamos diez andanadas de flechas. Mientras tanto, los defensores iban trayendo junto a mis hombres haces de flechas atados, que soltaban para que tuvieran más disponibilidad de municionarse.

Comprobé como las flechas causaban estragos en las primeras filas de la vanguardia de los mamelucos. Muchos cadáveres y heridos se arrastraban, profiriendo lamentos y gemidos. Algunos lloraban buscando un consuelo que no iban a recibir. Los que habían sido alcanzados cuando subían, caían sobre sus propios compañeros.

Me volví a los hombres y bramé:

- ¡A las almenas en una única fila! .... Apuntad .... ¡A discreción, disparad hasta que os quedéis sin flechas!

Al unísono, desde las alturas, una nube negra de flechas que portaban la muerte se alzó al cielo para desde allí, caer con un silbido que ponía los pelos de punta. Los sarracenos buscaban donde protegerse del horror que se les avecinaba, y rompiendo su organización, comenzaron a retroceder, tropezando con sus propios compañeros que pretendían avanzar.

La confusión era tal, que los propios oficiales azuzaban a sus hombres para que matasen a los que rehuían el combate. Desde lo alto, armé la cuerda con una flecha y me dediqué a buscar entre la multitud. Divisé a un oficial que arengaba a sus hombres para que insistieran en su avance. Apunté y lancé mi flecha, alcanzándole en la garganta. La punta sobresalió por detrás del cuello. Sin un gemido, el oficial se desplomó, y sus hombres se miraron desconcertados.

Otro breve vistazo me permitió observar a un capitán que organizaba una compañía de arqueros. De nuevo, disparé alcanzando mi objetivo cuando puede ver como el capitán se deslizaba del caballo que montaba, y caía muerto entre las patas del animal.

Así, mientras los arqueros lanzaban andanada tras andanada, yo iba seleccionando a los mandos de las huestes musulmanas, causando tantas bajas como podía. Cuando después de quince minutos, pude comprobar como el ataque principal se había desorganizado totalmente, me giré a los arqueros y dije:

- Que diez de vosotros me acompañen. El resto, proteged, junto a las tropas del rey esta parte de las murallas.

Bajé corriendo con mis hombres, y me dirigí al otro lado de la puerta. Cuando llegué al adarve del sector norte, pude comprobar como Iñigo, en cabeza de una línea formada por hermanos templarios, se habían hecho fuertes junto a las almenas, impidiendo que los infieles pudieran poner un pie en tierra en número suficiente como para consolidar la posición. Los infantes, con escudo en ristre, y las jabalinas asomando su punta por el lateral, arremetían contra todo aquel que sacara su cabeza por encima de las escalas. Algunos defensores lanzaban las piedras que encontraban sobre las cabezas de los mamelucos que subía, golpeándoles con fuerza y desplomándolos sobre sus propios compañeros.

Desde la barbacana de la puerta, un grupo de hombres volcaba una gran olla de aceite hirviendo sobre las huestes que golpeaban con el ariete la puerta, quemándolos y haciendo que se retirasen de la puerta.

Los daños que estábamos infringiendo al enemigo eran muchos, y comprobamos que estos retrocedían para establecerse a una distancia prudencia de nuestras defensas.

En lo alto, un oficial mameluco había podido legar al adarve, y se enfrentaba, espada contra espada, con Iñigo. Tras una finta por la derecha, el mameluco arremetió con una estocada directa que Iñigo pudo eludir en el último momento, echándose bruscamente a un lado. Aprovechando la inercia que el atacante tenía, cuando se acercó a él, soltó de revés un fuerte golpe con el pomo de la espada, golpeando la cabeza del oficial por debajo del casco. con un grito ahogado, este se desplomó sin sentido. Los demás asaltantes, fueron abatidos sin misericordia por los defensores.

Iñigo ordenó:

- Atad al oficial y llevarlo al Mariscal Konrad. Que disponga que quiere hacer con el prisionero.

Las murallas habían quedado ominosamente en silencio. Sólo los gritos de los heridos, a uno y otro lado del muro, mostraban la fiereza y crueldad del combate. En ese momento, el Mariscal se nos unió y se asomó por encima del parapeto.

- Ha sido un combate sangriento. No me agrada tal derramamiento de sangre, ni la perdida de tantas vidas, pero Jalil no quiere sino nuestra perdición, y sólo podemos ganar tiempo.

La torre maldita está maltrecha por el continuo bombardeo al que es sometida, y los zapadores se han ganado su soldada.

Cada día, cae una parte mayor del muro, y pronto este será lo bastante grande como para que puedan penetrar en tropel a través de él las tropas enemigas.

De pronto, frente a ellos, observaron como tres oficiales mamelucos se acercaban a la muralla, el del medio portando una lanza en la que habían atado un trozo de tela blanca.

Se pararon a una distancia fuera del alcance de nuestros arcos, y el que parecía el portavoz, gritó unas palabras en griego.

- Hablamos árabe. Acércate sin temor. No dispararemos. ¿Qué mensaje nos tres?

- Con los saludos de mi Señor, venimos a pedirte una tregua para poder recoger los cuerpos de nuestros hermanos y darles sepultura conforme a nuestras creencias. Por vuestra parte, si queréis hacer lo mismo, no seréis atacados tampoco.

- ¿Se respetará la tregua todo el día?

-Sí, mi Señor. Al Jalil me pide que os diga, que durante el resto del día no realizaremos ningún ataque más. También me ha dicho que os diga que, si queréis, se dejará marchar a las mujeres y los niños libres, y a los hombres que entreguen sus armas. Por los hombres pudientes, se cobrará un rescate adecuado.

- Agradecer a vuestro Señor sus palabras. Tendremos que estudiar vuestra propuesta en reunión.
- Así pues. No habrá más combates por hoy, para que podáis tomar una decisión. 'iinaha 'iiradat allah*.

* Es la voluntad de Ala

El oficial se dio la vuelta y ondeó la bandera con los brazos en alto. Al momento, de entre las trincheras salieron grupos de hombres que se dirigieron a los cuerpos y comenzaron a cargarlos en parihuelas, llevándolos a sus líneas.

Dando la espalda al campo de batalla, le dijo a Iñigo:

- Muchas gracias, amigo mío. Nos has salvado. Vuestra llegada ha resultado providencial. habéis insuflado ánimos para que mis hombres quieran y puedan pelar otro día. - Miró a un sargento, y le dijo: - Que abran el portón y salgan los hombres a recoger a nuestros muertos y heridos. Dejad un retén de guardia por si intentan algo. - Mirando de nuevo a Iñigo, continuó - No creo que los Maestres quieran esa rendición que el Jalil ofrece, y tampoco me fío de él.

- Tomen la decisión que tomen, es cuestión de tiempo que la fortaleza caiga. Son cinco veces más que nosotros, y mientras nosotros no podemos reforzarnos desde que incrementaron el bloqueo por mar, sus huestes siguen creciendo. Será al fin, la voluntad de Dios la que nos dirija.

- Que Él te oiga. Ve con Él en paz, y gracias por vuestra ayuda.

Nos reunimos en la puerta y contabilizamos nuestras bajas. Habíamos perdido cuatro caballeros y doce soldados. Quince soldados más mostraban heridas de distinta consideración, pero ninguna tal que no pudieran pelear al día siguiente. Los templarios, además de cortes y rasguños, mostraban el mismo semblante sereno que antes de la batalla.

La Fe - pensé mientras miraba sus caras - nos hace fuertes ante la adversidad. Viviremos y moriremos mostrando nuestra buena disposición en seguimiento de nuestros principios. Y así, reconfortado, me situé tras Iñigo y lo seguí junto a nuestra tropa a través de las calles, de vuelta a nuestra Sede para comunicar al Gran Maestre las noticiad que portábamos.

ONCE

Un mes había transcurrido desde que comenzara el sitio a San Juan de Acre. Desde nuestra primera incursión nocturna, los sarracenos aumentaron la vigilancia sobre la fortaleza y se nos hizo, prácticamente imposible, el volver a golpearlos por sorpresa.

Sus zapadores trabajaban de una manera incansable. La torre maldita estaba casi derruida por su buen trabajo, y al constante bombardeo al que era sometida por catapultas y malandrones.

Nuestro Gran Maestre Guillaume de Beaujeu, había sido mortalmente herida por una saeta en el último asalto a la puerta de Maupas, que defendíamos con ahínco. La población civil, consciente de que las defensas de la ciudad estaban cayendo, comenzaron a huir sin control ni freno. La multitud se agolpaban por las calles, empujándose y golpeándose sin piedad, sin tener en cuenta que quién estaba a tu lado era un familiar, amigo, mujer o niño. Muchos de estos últimos se encontraban tirados por el suelo, muertos, aplastados por el tropel de gente que los tiraba y luego pasaba por encima. A estas imágenes se sumaban la de soldados y lugareños muertos por flechas o a golpe de cimitarra que hacían que algunas calles, tuvieran un reguero rojo como si de pequeños ríos se tratara.

Al atardecer, fuimos llamados Iñigo y yo, por un caballero a la celda donde agonizaba Guillaume de Beaujeu. Cuando llegamos a esta, el Gran Maestre pidió a la gente que le rodeaba que saliera, pues quería hablar con nosotros a solas. El mismo Pedro de Sevrey, que era el mariscal de la orden y responsable de las defensas, se encontraba presente. Este, se aprestó a salir y, con la puerta abierta en la mano, esperó a que saliera el último de los caballeros y cerró tras él la misma.

Guillaume nos señaló, con un gesto de la mano, dos taburetes para que nos sentáramos junto a él.

- Gracias por venir tan raudos, hermanos – respiró fatigoso – Tengo que encomendaros una importante misión antes de partir a reunirme con Nuestro Señor.

- No digáis eso Guillaume – le respondió afectuoso Iñigo – os repondréis y en breve estaréis junto a nosotros, combatiendo en las almenas.

- No, mi buen Iñigo, no. Se que mi final está próximo. Por ello, debo deciros una cosa, un secreto que se ha transmitido de Maestre a Maestre y que, excepcionalmente quiero que sepáis para cumplir con lo que os voy a encomendar.

Como sabéis, nuestro fundador Hugo de Paynes y otros ocho caballeros, vinieron a combatir junto a Balduino hace más de ciento cincuenta años. Por su valentía y arrojo, les concedió los establos y dependencias que se encontraban sobre lo que pensaban que era el templo del rey Salomón, de ahí adquirimos nuestro nombre original: Orden de los pobres compañeros de Cristo del Templo del Rey Salomón.

También conocéis, por nuestras crónicas, que los nueve caballeros se mantuvieron nueve años, sin salir de Jerusalén ni del templo. La gente comentaba que habían encontrado algo importante, un tesoro. Lo cierto es, lo que os voy a contar ahora.

Hugo de Paynes y los otros encontraron un tesoro, sí. Pro no un tesoro cualquiera, sino una reliquia que haría temblar a a cristiandad si supieran que estaba en nuestro poder, tal es la fuerza que ella emana. Decidieron esconderla y protegerla de todo aquel que no perteneciera a la Orden, incluso en esta, su conocimiento se mantuvo en secreto para evitar que se perturbara la bondad y fe de nuestros hermanos.

Actualmente, se vislumbran malos tiempos, tanto para la cristiandad en oriente, como para la orden, aquí, y en Europa. Ya he observado movimientos maledicentes que nos vituperan y buscan nuestra desgracia. Se aproxima un declive tal, que probablemente pueda ocasionar, si no se remedia, el fin de la hermandad.

Por esta razón, no quiero mantener la transmisión formal de la reliquia. Quiero que mañana, nada más amanezca, abandonéis San Juan. Para ello, buscareis al cabellarlo Roger de Flor, hermano nuestro que os estará esperando. Mostradle mi anillo – fatigosamente, movió su mano y con la otra, retiró el anillo con el sello de la orden, y lo puso en la mano de Iñigo, cerrando sus dedos sobre la gema. – Él os llevará a Marsella. Una vez allí, decidid vosotros cuál será vuestro destino final, aquel sitio donde creáis que el tesoro estará a salvo de todos.

- Pero Guillaume, nosotros debemos luchar junto a nuestros hermanos y ....

- ¡No! – Le cortó el Maestre – Esta misión es más importante que perder vuestras vidas en esta plaza. Si es importante lo siguiente. Cuando hayáis encontrado el lugar idóneo, dejad escrita alguna fórmula que pueda ser interpretada por quién crea en nuestras enseñanzas y nuestro código. Sólo aquel que crea en los principios de la orden, puede y debe encontrar lo que ocultéis.

- Cómo deseéis – Iñigo lo miró, ente compungido y apenado.

Yo, seguía en silencio la conversación, asombrado por lo que estaba oyendo. Guillaume continuó hablando

- Ved la mesa que esta tras vos. Mover las patas a la derecha. Veréis que una piedra del suelo está suelta. Sacadla y coged lo que hay dentro, escondido en el suelo.

Iñigo se levantó e hizo lo que el Gran Maestre le había indicado. De esta forma, sacó un paquete envuelto en una fina piel, atada con un cordón negro. Volvió a poner la mesa como estaba y se sentó de nuevo. Miró a Guillaume y esperó a que continuara.

- Hemos protegido lo que tenéis en la mano más de un siglo. Se que sois caballero temeroso de Dios, valiente y leal, y como tú, aquí nuestro joven Fernando, que ha demostrado estar siempre a la altura de lo que se le ha pedido. Escondedlo en vuestros ropajes, y mañana, partid sin falta. Os deseo que la gracia de Dios os proteja en esta aventura. Tened por seguro que no os será fácil cumplid el cometido. Ahora, llamar a Pedro de Sevrey e id con Dios, Nuestro Señor.

- Gracias Guillaume. Siempre os recordaremos en nuestras oraciones.

Se levantaron y besaron la frente del viejo templario. Sin más palabras, se encaminaron a la puerta y tras abrirla, miraron un momento a la figura postrada y salieron de la habitación. Fuera, se despidieron del sargento que hacía guardia y se dirigieron a la búsqueda del mariscal.

Aún no había asomado el sol por oriente cuando salimos del castillo. Vestidos con las protecciones para la lucha, nos aprestamos en dirección sureste. Nada más salir, vimos que la población seguía corriendo, empujándose, arrastrando con ellos a mujeres y niños, a los que golpeaban en su ímpetu por escapar, contra las paredes. El suelo estaba lleno de cuerpos que gemían, suplicando una ayuda que no les iba a llegar nunca. Haciendo un esfuerzo por no comenzar a golpear a estas gentes para hacerles entrar en razón, viendo que sería imposible, nos dirigimos a través de callejuelas estrechas al puerto. En varios puntos, nos tropezamos con turco-egipcios que, ya penetradas las defensas que la puerta maldita había ofrecido, se desparramaban por la ciudad como una plaga de langostas que asolan todo lo que se encuentra en su paso.

Los sarracenos se arracimaban, llegando en tropel, frente a la torre del rey, defendida por caballeros francos, ingleses y teutones. Estos, más organizados que la población, ofrecían férrea resistencia, aunque el abrumador número de enemigos al que se enfrentaban, dejaban pocas dudas con respecto al resultado de la contienda.

Conseguimos, por fin, llegar al puerto. El espectáculo que se ofrecía a nuestros ojos era espantoso. Algunos incendios, provocados por las saetas incendiarias lanzadas por los otomanos, provocaban que varios puntos del puerto se iluminaran de día como si de una fiesta satánica se tratara. Esa impresión daba el gentío que se agolpaba, sin orden ni concierto, a lo largo de los muelles buscando un barco que les llevará lejos de este infierno.

Iñigo se subió a un tonel y, tras unos momentos, señaló a su derecha y me dijo:

- Ahí veo al "halcón". Vámonos Fernando. Démonos prisa.

Saltando del tonel, nos encaminamos en la dirección marcada. Con los brazos, firmemente, fuimos apartando a la gente que, al ver nuestros ropajes, nos pedían ayuda llorando y temblando de puro pavor. Mordiéndonos los dientes por contemplar tanta miseria y no poder hacer nada, seguimos hacía delante, mirando al frente y sin mover la cabeza.

La coca se distinguía de las otras embarcaciones de su entorno. Su único palo con vela cuadrada y su tamaño de más de sesenta pies la hacía ser fácilmente identificable. De manga ancha, el timón de cola que incorporaba la hacía única entre las demás embarcaciones.

Durante un momento, me pareció vislumbrar la figura del sargento que custodiaba la puerta de la celda donde yacía el Gran Maestre, pero cuando fijé mi mirada en ese punto, no lo vi. apretando el paso para situarme junto a Iñigo que se había adelantado durante mi indecisión, llegamos al muelle donde estaba atracada la coca del capital Roger de Flor.

Nos habían comentado que el caballero, aunque profesó su ingreso en la orden, se había vuelto mercantilista y fariseo, cobrando a las gentes que le pedían embarque, bienes y fortunas, acogiendo sólo a aquellos que se podían pagar el pasaje. Dos marineros al pie de la pasarela frenaban a los suplicantes y les preguntaban por sus posibles para decidir si embarcaban o no. Cuando llegamos, uno de ellos se interpuso entre nosotros y la pasarela. Iñigo y yo echamos mano al pomo de la espada mientras mirábamos torvamente al nauta. Éste, reculó inquieto y se quitó de en medio. Subimos la pasarela. En el barco, sobre la cubierta, nos esperaban dos navegantes más, ambos armados con grandes porras tachonadas en la punta, y con un refuerzo de cuero en el mango, que asían con fiereza. A cinco pasos detrás de ellos, Roger de Flor miraba distante como se desarrollaba el embarque. Al vernos, los marinos levantaron la mano para pararnos. Iñigo, se plantó delante de ellos, y levantando la voz para que lo oyera el caballero dijo:

- ¡Roger de Flor! Tengo un mensaje para vos de Guillaume de Beaujeu.

Al oír el nombre, nos miró fijamente y con voz grave ordenó a sus marineros que le dejaran paso. Cuando Iñigo llegó junto a él, acercó su boca a la oreja del capitán y le musitó algo. Dio un paso atrás y le mostró el anillo que el gran maestre nos había dado.

Lo que Iñigo le dijo había hecho palidecer al marino. Nos miró y dijo:

- Bajad a los camarotes. Un marinero os guiará. Partimos en diez minutos.

Y sin pronunciar otra palabra, nos ignoró y se puso a dar órdenes a su tripulación, para que retiraran la pasarela y soltarán las amarras. La gente se apretujaba intentando un último esfuerzo para subir a bordo, pero los marineros se mantuvieron firme, y con algún que otro empelló, liberamos la zona frente a la pasarela, subieron por ella, y la quitaron del muelle, aislando el barco del puerto.

El contramaestre ya estaba dando las órdenes para que la coca desatracase, largando trapo y ejecutando las maniobras para enfilar la proa hacía la salida del puerto.

Después de haber dejado nuestros hatos en el camarote al que un marinero nos había llevado, subimos de nuevo a cubierta. En el castillo de popa, Roger de Flor veía a lo lejos la zona portuaria de San Juan de Acre. La imagen nos apenó al instante. Los fuegos se habían adueñado prácticamente de los almacenes del puerto, y toda la zona estaba llena de humo negro. Las gentes seguían agolpadas, algunos cayendo a las aguas profundas, desesperados por encontrar una salida a la catástrofe que se les avenía. Con el corazón en un puño, nos encaminamos al castillo y cuando nos reunimos con el capitán, Iñigo le preguntó:

- ¿Que planes tienes hermano?

- Cumplir lo que me has dicho que era, la última voluntad de nuestro gran maestre. Os dejaré en Marsella a la mayor prontitud posible, y una vez allí, nuestros destinos se separarán, probablemente para siempre.

- Si esa es la voluntad de Dios, que así sea.

Sin cruzar más palabras, se apartaron de él y se apoyaron en la barandilla, mirando al frente, dejando a su espalda muerte y destrucción. Con la caída de San Juan, caía la última esperanza de la cristiandad en oriente, y quién sabe, si el maestre tenía razón, si estábamos ante el final de la orden del Temple.

DOCE

Anochecía cuando el vigía voceó al avistar las luces de Marsella. Subimos a cubierta para ver las luces de la ciudad. Las antorchas brillaban, repartidas regularmente a lo largo de los pantalanes del puerto. Las tabernas y los lupanares se reconocían por verse a su alrededor más movimiento que en el resto de la zona portuaria.

Cuando arribamos, nos despedimos de Roger de Flor, y cargando sobre nuestros hombros los hatos, descendimos por la pasarela. Iñigo no creía prudente cabalgar de noche. Aunque la misión encomendada urgía, era importante planificar bien los movimientos a realizar, y una cena ligera y una noche de sueño no nos vendría mal para comenzar con buen ánimo al día siguiente.

Siguiendo a Iñigo, que conocía la ciudad, salimos del barrio portuario para introducirnos entre callejuelas y tras pasar una plaza con una fuente adornada de hojas de parra, nos metimos por una calle algo más ancha que las demás y que terminaba en una posada con buen aspecto.

- Aquí Fernando descansaremos bien. Conozco al dueño, pues combatimos en otra cruzada anterior y es buena gente. Como bien decías, algo de comida y un buen sueño no nos vendrá mal.

- Cierto. Piensa que, a partir de mañana, no tendremos mucho tiempo para actuar. Debemos pensar que queremos hacer y de qué manera obrar.

Penetramos en el local y buscamos al dueño. Iñigo le reconoció tras la barra, donde servía bebidas a las mesas llenas de contertulios que terminaban el día, riendo y charlando entre sí. Al levantar la vista, y reconocer a Iñigo, soltó un exabrupto y riendo, salió de su sitio y se abrazó a él.

- ¡Mi buen amigo Iñigo de Aretxaga! ¡Cuánto tiempo sin veros!

- ¡Por Dios, Bruno, ¡bajad la vos! No queremos que se entere toda la taberna de que estamos aquí.

Iñigo se sonreía, contento de ver a su antiguo camarada de armas. El posadero, Bruno le había llamado, era un hombre gordo más que corpulento, con una gran barriga que sobresalía por encima del mandil. Una cara rellena y unos ojos claros, bondadosos, junto a una sonrisa que se antojaba eterna, daban al hostelero aspecto de ser buena gente.

Nos acercó a una mesa apartada del tráfico habitual del local, y tras chascar los dedos para llamar a un sirviente, puso dos jarras delante nuestro.

- Y bien, mi Señor. ¿Qué os trae por estos lares?

- Venimos de tierra santa mi buen Bruno. Hemos guerreado contra el infiel, y Dios ha querido que no hayamos podido vencer esta guerra. Se avecinan malos tiempos para la cristiandad.

- Cuanta razón tenéis, mi Señor. E nuestra época, a la fiereza de nuestras tropas, se unía la creencia en Nuestro Señor. Los nuevos cruzados no tienen la fe que nosotros portábamos en nuestros corazones.

- No te diré que no tengas razón, pues he visto comportamientos deleznables en cristianos, que no deberían tener cabida en corazones puros. Ahora, Bruno, los cristianos roban y matan por pura maldad, por soberbia, por lujuria. No respetan las bulas que el Papa establecía para esta guerra santa. Al final, parece que Dios, viendo esto, ha decidido que tenemos que purgar nuestros pecados y comenzar de nuevo para mayor gloria de Él. Pero bueno, pon algo de comida para dos viajeros hambrientos. Un poco de pan y queso nos bastara.

- No, mi Señor Aquí comeréis como se debe. Ya ayunaréis cuando os toque – Girándose, bramó a un mozo que se encontraba junto al horno, dando vueltas al espetón, donde trinchado, giraba un cerdo de buen tamaño – Trae acá dos platos de carne bien llenos y un cuenco de pan. – Volviéndose a nosotros nos susurró – Voy a la bodega a buscar una jarra de vino de Farnesio que os alegrará el cuerpo. Este es un día para celebrar por haberos podido ver.

- Gracias mi buen Bruno – Iñigo le miraba emocionado - Sabes que también te aprecio.

El posadero se marchó al tiempo que llegaban las dos escudillas, llenas hasta arriba de carne humeante. El camarero puso los platos delante de nosotros, y tras una ligera reverencia, se alejó. Comenzamos a comer silencio. Volvió Bruno que, solícitamente, nos sirvió una jarra a cada uno de vino y un poco de agua. Dejó la jarra junto a mi amigo, y se despidió.

- Se nota que te aprecia – dije yo iniciando la conversación.

- El sentimiento es mutuo. Fue una cruzada dura, donde perdimos buenos camaradas. En un momento de la batalla, un mameluco estaba a punto de ensartarlo con su lanza.

Afortunadamente, llegue a tiempo de parar el lanzazo y abatir al infiel. Nunca lo ha olvidado, aunque seguro que él me habrá salvado en alguna otra ocasión, pues la lucha fue cruenta y muy salvaje.

- Iñigo – le miré a los ojos – Tenemos que pensar que vamos a hacer con la encomienda que nos hizo el gran maestre.

- Si. Ya he estado pensando en ello desde que embarcamos. La situación en Francis ahora no es halagüeña para el Temple. Felipe IV no nos quiere. Está muy endeudado con nosotros, y se comenta que pretende acabar con la orden para no tener que pagar las deudas que ha contraído con la hermandad.

- Pues Inglaterra no me parece a mí un buen sitio para ocultar el paquete. Los caballeros ingleses andan justando con teutones y francos continuamente. No parece un lugar seguro – observé yo.

- Por eso, nos dirigiremos a España. La orden mantiene buena imagen en la península. Los reyes nos aprecian y no harán caso de los requerimientos que le haga el rey francés, pues saben de lo interesado que es. Te propongo que marchemos primero a Larzac, donde tenemos nuestra casa, y una vez allí, pensar cuál sería un buen lugar para poner a recaudo el encargo de Guillaume. Su muerte y encomienda no deben ser vanas.

- Bien. Debemos pensar cuando terminemos el recado en cómo haremos para, que algún día, otro hermano de alma blanca y fuerte brazo, pueda recuperar la reliquia y cuidarla y venerarla como se merece.

- Podríamos dejar pistas en varios lugares. Sólo aquel que conozca nuestra orden y los principios que en ella se promueven, debe ser capaz de interpretar las señales.

- Estoy de acuerdo. De camino a Larzac podemos pensar en cuales pueden ser los lugares más apropiados.

Terminaron de cenar en silencio, y al acabar, se acercaron a la barra, donde se despidieron de Bruno y agradecieron su atención. A continuación, siguieron a un criado que los llevó al piso de arriba donde podrían pernoctar.

Lo que en ese momento ignorábamos, y posteriormente sufrimos por ello, es que el sargento al que yo había creído ver en San Juan de Acre, y con anterioridad, custodiando la celda del Gran Maestre, nos había seguido y embarcado en el "Halcón", y desembarcado en Marsella tras nosotros, nos siguió, y después de conocer donde dormiríamos, se marchó a maquinar su traición para con nosotros y la orden del Temple.

TRECE

Aún no asomaba el sol por oriente, cuando ya estábamos ensillando los caballos que habíamos comprado en unos establos donde la orden, habitualmente, realizaba transacciones. El mozo nos colocó las gualdrapas y por unas monedas más, conseguimos unas sillas de cuero basto, pero suficientes para el uso que le daríamos.

Cabalgamos callejeando hasta llegar a la puerta del Real. La guardia nos paró un momento, pero al ver las cruces en nuestros pechos, se echaron a un lado y nos hicieron señas para que saliéramos. Continuamos por el camino durante tres horas hasta que vimos una fuente junto a este. Descabalgamos y dimos de beber a nuestras monturas. Después, tras saciar también nuestra sed, continuamos el viaje que nos llevaría de nuevo a casa.

Los días transcurrieron sin novedad. Iñigo y yo proponíamos lugares donde poder esconder la reliquia, pero por una u otra razón, ninguno terminaba de convencernos. Habían pasado quince días cuando llegamos a Nimes.

Iñigo me comentó que creía que estábamos siendo observados. Había notado movimiento en los bosquecillos que atravesaban. Los pájaros salían volando de las copas de los árboles y los animales saltaban entre la maleza y los troncos caídos. Vigilamos los flancos durante la marcha, pero no pudimos apreciar ningún movimiento hostil.

Para evitar ser reconocidos, y no quedar encerrados dentro de murallas, bordeamos la villa y seguimos el camino en dirección Oeste. Dos días después de dejar atrás la población, llegamos a una pequeña aldea, sintiendo esa sensación ominosa de peligro que no nos había abandonado desde que Iñigo me hubiera avisado. Los prados estaban cubiertos de un verde brillante. Las hojas se movían como pequeñas olas, a merced de la brisa que soplaba. Por donde quiera que se mirara, brotes de color destacaban de las flores silvestre que en estos nacían. Los campesinos se encontraban en plena faena preparando los campos para la próxima siembra, mientras que, en los cuarteles recogidos, las pacas de cereal se apilaban como monedas de oro brillando al sol. Pedimos refugio para pasar la noche y uno de ellos, reconociendo nuestro emblema, que había combatido en una cruzada anterior, se ofreció a guiarnos hasta su casa donde entendía, podríamos recuperar fuerzas.

Al llegar, un anciano sentado junto a la puerta nos saludó e invitó a pasar. Dentro, la señora de la casa nos ofreció un vaso de agua y un pedazo de pan y queso. Sentados, le dijimos que volvíamos a nuestra encomienda para reposar tras haber guerreado en tierra santa. Ella, mientras tanto, se inclinaba sobre el fuego de la cocina, removiendo la perola que tenía colgada sobre este. En su interior, el agua burbujeaba elevando al ambiente un olor tan apetitoso que, sin darnos cuenta, nos encontramos salivando y observando expectantes lo que allí se cocía.

La mujer se giró, y al vernos, se sonrió y dijo:

- Os veo hambrientos, mis señores. No os preocupéis porque en esta casa, no le ha de faltar un plato de gachas a nadie que haya peleado por la mayor gloria de Dios.

- Muchas gracias muchacha. Un poco de pan y queso nos basta para quitar el hambre. No queremos abusar de vuestra hospitalidad.

- No preocuparos, mi Señor. Donde comen siete, comen nueve. El campo y los animales de las granjas nos dan alimento, y debéis recuperar fuerzas. Se os ve cansados.

- Lo estamos, muchacha, pero pronto llegaremos a casa. Sea pues esa comida. Nos place acompañaros a la mesa para compartir esa sopa que tan bien huele.

- ¿Y mejor os sabrá, si lo sabre yo? - La cocinera se río y volvió a sus quehaceres en el fogón.

Nos levantamos y salimos. Allí, el anciano nos invitó a sentarnos junto a él, y empezó a contarnos como había combatido en las cruzadas hacía muchos años. En silencio, le dejamos contar sus peripecias mirando el paisaje. En ese momento, todo parecía estar en paz y la sensación de tranquilidad se transmitió a nuestro interior, desdeñando los sentimientos agoreros que nos acompañaban en los últimos días.

Al poco, volvió el campesino del establo, donde terminaba de alimentar a las gallinas y puesto agua en las artesas. Subió las escaleras sonriendo y diciendo:

- Mis señores, si os place, entremos a cenar. En el campo se cena pronto, porque pronto nos levantamos para los trabajos de la jornada. El tiempo y los campos son muy exigentes y requieren esfuerzo para que la tierra nos dé sus frutos. - Miró al anciano y cogiéndolo del brazo, lo ayudó a levantarse - Vamos, padre. Su hija tiene la mesa puesta.

Sin más, penetraron en la casa y se sentaron a la mesa.

Al alba, ya estaban prestos para marchar. Agradeciendo a la familia su hospitalidad, quisieron pagar su sustento y alojamiento. El campesino se negó diciendo, que, a hombres de bien, no se les puede negar un techo ni un plato de comida.

Iñigo, sin que se hubieran dado cuenta, había dejado sobre el jergón donde descansamos, unas monedas, que esperaba, pudieran serles de ayuda si venían malos tiempos.

Continuaron su camino, vigilando sus flancos. Desde que Iñigo percibió el peligro. A media mañana, nos adentramos en un pequeño valle. A nuestra izquierda, el caudal de un río discurría de este a oeste con fuerza. A nuestra derecha, un robledal tupido cubría el valle y dejaba detrás de él, unas pequeñas montañas que se veían al norte. El sendero, marcado por el paso de carretas, animales y personas, estaba seco y levantaba capas de polvo conforme cabalgábamos sobre él.

De pronto, del robledal, y a unos trescientos pasos de nosotros, aparecieron cinco jinetes que galopaban en nuestra dirección. De manera instintiva, pusimos nuestras cabalgaduras al galope y durante los siguientes minutos, mantuvimos la distancia con nuestros perseguidores.

Girándome, pude ver que iban vestidos con ropas oscuras, sin distintivos que los pudieran identificar.

Iñigo giró su montura y se dirigió al robledal, buscando el refugio que los árboles le podían ofrecer. Le seguí y al poco rato, atravesamos los primeros robles. Galopando entre ellos, buscábamos un lugar desde el que pudiéramos enfrentarnos al enemigo. Saqué el arco de mi hombro, y cogiendo una saeta de la alijaba, giré mi torso como había aprendido de los jinetes arqueros sarracenos, y apunté la flecha hasta un jinete que se había adelantado ligeramente a sus compañeros. Solté la cuerda, y pude ver como la saeta alcanzaba su objetivo, clavándose fuertemente en el torso del jinete, el cual, al verse alcanzado, abrió los brazos en cruz arqueándose hacia atrás, para al momento siguiente, caer del caballo, yendo enganchado al estribo de su montura hasta que se soltó de esta y quedó inmóvil en el suelo.

Los otros cuatro jinetes se abrieron para evitar mi puntería. Iñigo había llegado a un claro, donde par de riscos aparecían aislados como un puño enorme que emergiera del suelo. Saltamos de los caballos y desenfundamos las espadas. Los jinetes llegaron al momento, y apegándose a su vez de sus monturas, se enfrentaron a nosotros.

Reconocí a uno de nuestros asaltantes. Era el sargento que custodiaba la celda del gran maestre en San Juan, y al que posteriormente, me pareció ver entre el gentío en el muelle de San Juan cuando salimos de la ciudad. Los otros dos maleantes me eran desconocidos, pero sus armas y posturas indicaban que eran duchos en el manejo de la espada. El último de ellos, algo más retrasado que los otros, me parecía familiar, pero no acababa de ubicar su rostro en mis recuerdos.

De súbito, uno de los espadachines arremetió contra mi,4 moviendo su espada de arriba a abajo, buscándome partirme por la mitad. eludí su golpe con un paso lateral, al tiempo que, con mi espada, lanzaba un golpe en horizontal que alcanzó a mi contrincante bajo las costillas, propinándole un tajo enorme del que salió un chorro de sangre. Con el vientre abierto, echó las manos para contener las vísceras, doblándose por la mitad. Empujándole con la pierna, lo empujé contra las rocas y me giré buscando un nuevo adversario.

Por su parte, Iñigo se encontraba frente al sargento, cruzando la espada contra él. También veterano por las muchas batallas en las que había participado, ofrecía resistencia y contrarrestaba los golpes que Iñigo le mandaba con paradas, que cada vez, parecían menos fuertes. El otro maleante giraba alrededor de los dos, buscando una guardia baja de Iñigo que le permitiera atacar por sorpresa y dañarle.

Miré al quinto bandido, y como este no se movía, centré mi atención en el guerrero que buscaba atacar a traición a Iñigo. Con un grito, me lancé a él y arremetí con un fuerte golpe en diagonal, de arriba abajo, que de haberlo alcanzado lo hubiera partido en dos mitades. Sorprendido, giró y levantó su espada a tiempo de parar el golpe, aunque la fuerza de este le desplazó el arma a un costado. Seguí en mi ataque, apartándolo de Iñigo y su contrincante. Persistí en mi ofensiva, encadenando una serie de golpes de diestra y siniestra, buscando dejar sin fuerzas a mi enemigo. Sentía que el bandido iba perdiendo las fuerzas porqué la fuerza de sus paradas era cada vez menor. En un momento dado, sacó de la espalda un puñal y, cuando ataqué de nuevo, intentó con la otra mano apuñalarme mientras paraba el golpe de mi espada. Le vi. de reojo, y con un paso lateral, libre la punta del acero, que pasó tan cerca de mí, que rasgó mi túnica, provocándome un rasguño en el pecho. Aprovechando el movimiento que había hecho, golpeé de revés con el filo de la espalda sobre el hombro de mi enemigo, provocándole un profundo tajo, por el que comenzó a sangrar profusamente. Habiendo perdido la fuerza de su brazo, proseguí golpeando con fuerza, hasta que un certero golpe abrió su defensa y permitió a mi acero llegar a su pecho donde penetró la piel y carne, llegando hasta el corazón.

El bandido me miró con la boca abierta y los ojos desorbitados. Soltó la espalda y cayó de rodillas, para luego desplomarse en medio de un charco de sangre. Extraje la espada de su torso y miré alrededor buscando a mi amigo.

Por su parte, Iñigo acorralaba al sargento contra las rocas. Tras unas fintas que buscaban distraer la guardia de su enemigo, consiguió que este, equivocase el movimiento en lo que fue para él, un error fatal. Con un certero movimiento, clavó la hoja de su espada en el vientre de su enemigo, que se dobló sobre sí mismo, y se fue dejando caer en el suelo, apoyado en la piedra.

El quinto hombre, volvió a montar rápidamente a caballo y salió del claro espoleando a su montura entre la espesura para huir picando espuelas.

CATORCE

El combate había terminado tan rápido cómo comenzó. Nos miramos, buscando uno en el otro, heridas que nos pudieran haber infringido. Al ver a Iñigo bien, me lancé a por el arco, pero cuando montaba la flecha observé que con la ventaja que contaba el jinete, no podría alcanzarlo. Miré a Iñigo y le pregunté:

- ¿Estáis bien, Iñigo?

- Sí. Alguno rasguños y cortes. ¿Y tú, Fernando? ¿Te han herido?

- Un tajo en el pecho, pero es superficial. Me recuperare en unos días. ¿Quiénes eran estos? ¿^Por qué nos han atacado?

- Ahora mismo lo vamos a averiguar – Iñigo se encaminó hacia las rocas, donde el sargento respiraba fatigosamente.

Se arrodilló junto a este y miró su pecho. La herida sangraba y al soldado le costaba respirar. Iñigo, taponó con un trozo de su capa el agujero por donde sangraba y con una mano, cogió la mandíbula del sargento y torció su cara hacía él.

- Yo te conozco. Porqué nos habéis perseguido y atacado. ¿Qué pretendíais?

Mirándolo, recordé de que lo conocía. Tocando el hombro de Iñigo exclamé:

- ¡Iñigo! Este hombre estaba de guardia a las puertas de la celda del gran maestre en San Juan. Después, volví a tener la sensación de haberlo visto entre la gente que se agolpaba para subir a los barcos tras la entrada de los sarracenos en la ciudad. – Miré al herido – ¡Porqué nos sigues desde ultramar!

- Quería labrarme fortuna en el continente. Ya estaba harto de tanta guerra y muerte, siempre en precario, luchando por Dios cuando los hombres se enriquecían.

- Pero tú profesaste.

- Y cumplí durante años – fatigosamente se recompuso en la piedra y continuo – hasta que me di cuenta de que terminaría en alguna batalla, sin ningún disfrute, cuando muchos otros hacían acopio de bienes y fortunas. Oí la conversación que tuvisteis con el Maestre, y recordé una conversación que presencié cuando presté servicio en Paris en la Sede de la orden. Arnaud de Montfort le decía al Gran Maestre que los tesoros de la orden tenían que ser reunidos en Paris y él, como uno de los principales valedores de la hermandad, podría ser su custodio. El Gran Maestre negó la existencia de cualquier tesoro o reliquia que pudiera haber, salvo lo que se guardaba en la sede o en algunas encomiendas importantes. Al final, la conversación derivó en disputa, y el señor de Montfort salió destemplado de la habitación.

Yo recordaba la conversación, y cuando oí la vuestra, comprendí a que se referían entonces. Quise vender lo que sabía al señor de Montfort, pues conocía que él, al igual que otros hermanos como el mismo Roger de Flor, codiciaban el oro y las riquezas. No cumplían como Vos las reglas de la orden - tosió y un hilillo sanguinolento asomó por la comisura del labio -. Os estaba esperando la mañana de vuestra marcha, escondido en un portal. Os seguí y cuando llegasteis al puerto de San Juan, me escabullí entre la multitud. Me di cuenta de que vuestro compañero me había visto, pero pude esconderme de nuevo entre la gente y, cuando subisteis al barco para hablar con Roger de Flor, me sitúe junto a la pasarela para incorporarme tras vosotros pareciendo que iba en vuestra compañía. Tuve suerte en que no volvierais la cabeza y así, de esa manera, me dirigí a la sentina del barco, donde me escondí durante toda la travesía. Solo salía cuando era noche cerrada para comer unos mendrugos y algo de cecina que robaba de la cocina del barco.

Al llegar a Marsella, desembarqué después de vosotros y os seguí hasta la posada. Cuando entrasteis, me encamine hacia el palacio que los señores de Montfort tienen en la ciudad, pues me había informado, y sabía que Maxim de Montfort se encontraba en ella. Una vez allí, informe al jefe de la guardia que tenía información importante para el Señor. -Decidle sólo, que el asunto se refiere a la conversación que mantuvo con el Gran Maestre en Paris -. Eso le comenté al oficial, y me senté a esperar respuesta.

No tardó mucho la respuesta. A los pocos minutos, dos soldados vestidos con el emblema de los Montfort vinieron a escoltarme al interior del lugar. Se dirigieron a un gran salón. Al llegar, uno de ellos abrió las puertas y con un gesto, me indicó que entrara. A través de esta pude ver a Maxim de Montfort junto a la chimenea, donde ardía un fuego alimentado por gruesos troncos de leña. Al oírme entrar, giró el cuello e irguiéndose, se acercó a mí.

- ¿Quién sois? ¿De qué conversación habláis?

- Mi Señor. El invierno pasado hablabais con el Gran Maestre de las riquezas que la orden guarda y custodia en la sede de Paris. También mencionasteis el conocimiento que teníais referente a un tesoro que estaba custodiado en tierra santa.

- Esa conversación era privada. Y es muy peligros inmiscuirse en conversaciones ajenas. Le puede costar la cabeza a los curiosos.

- Pero en ese caso mi Señor, no podría deciros que he podido confirmar la existencia de ese tesoro del que Vos le hablabais al gran maestre, y cómo sé, casualmente, que el mismo está aquí, en Francia.

-¿Aquí, decís? ¿Dónde, por Dios, hablad?

- He viajado con dos hermanos de la orden del temple, Iñigo Aretxaga y Fernando de Arienzo. Los tienen la misión, encomendada por el mismísimo Gran Maestre, de custodiar y esconder la mayor reliquia que se haya conocido jamás. Puedo deciros, además, hacía donde se dirigen. Claro está, si vos tenéis a bien remunerar mis esfuerzos por teneros informados.

Maxim de Montfort miró al sargento con el ceño fruncido. Una mirada malévola echó hacía atrás al avezado soldado. Con sonrisa torcida exclamó:

- ¿Muy bien! ¡Sea pues! Si la información es buena, os daré dos bolsas de monedas de oro, más del que habéis visto en vuestra vida. Si me engañáis, suplicaréis que os deje morir cuando mis hombres os monten en el torno.

El sargento, respirando fatigosamente, tomó aire y mirándonos, se dirigió a Iñigo diciendo:

- Habéis destacado en combate defendiendo San Juan de Acre, por eso me fije en vos. Os he oído hablar de vuestros orígenes en la orden, e imaginé que volveríais a Larzac, antes de cumplir con vuestra misión. El hombre que huyó era Maxim de Montfort, que se ha comportado como un cobarde y no nos ha ayudado.

Al oír el nombre, dije:

- Por eso me resultaba la cara conocida. Coincidí con el en una ocasión, con motivo de una reunión de señores que mi padre organizó en el castillo. Se atribuyen títulos de grandeza desde que tutoró al rey Don Jaime, llamado el Conquistador. Creen que deben ocupar una situación de privilegio, incluso en la orden, y eso que las reglas nos declaran a todos siervos. Los Montfort no aceptan de buen grado esa sumisión, o al menos, eso me dijo mi padre.

- Y ahora nos persigue uno de sus herederos, pensando en que trasladamos un tesoro de la orden -. Iñigo cabeceó dubitativo. - Tenemos que seguir viaje, pero a partir de ahora, tomaremos más precauciones si cabe. Volviendo la cabeza al herido, inspeccionó la herida y le dijo:

- Estáis malherido, y habéis perdido mucha sangre. No podemos llevaros con nosotros, y por otra parte, no matamos a cristianos, salvo que sea en defensa propia. - El sargento les miró - Haremos unas parihuelas y te llevaremos hasta la primera aldea que encontremos. Una vez allí, te dejaremos al cuidado de los lugareños, para que hagan más fácil tus últimos días. Quiero tu promesa de que, pase lo que pase, o si sobrevives, no hablarás a nadie ni sobre nosotros, ni sobre qué camino vamos a tomar. - Le miró fijamente y espero.

- Os juro, mi señor, por mi vida, que es escasa y lo siento, que a nadie diré de vosotros, ni si os he visto, ni a dónde os dirigís.

- ¡Es una palabra! Me basta. Que Dios os castigue si la incumplís.

Levantándose, se encamino al bosque para talar dos ramas largas y rectas, para preparar la parihuela. Trenzó con cuerdas ambos palos, cortados y podados de ramas, y cubrió el trenzado que había hecho con mantas que portábamos en nuestras monturas. Cuando terminó, ató los palos a la parte posterior de la silla de su caballo. Levantamos entre los dos al herido, y lo acomodamos sobre el lecho que ofrecía la camilla. Lo tapamos con una manta para que estuviera cómodo, y montando en los corceles reiniciamos la marcha saliendo del bosque para reincorporarnos al camino.

QUINCE

Bajaron por el sendero hasta un ribazo junto al río, donde descabalgaron para lavarse las heridas y atender al herido. Iñigo observó la herida y la palpó.

- Esta demasiado enrojecida, lo que puede signo de ensuciamiento, con riesgo de infección. Hay que tratarla ahora, o morirá antes de llegar a alguna aldea.

Se levantó y de sus alforjas extrajo unos frascos de cristal oscuro y un pequeño almirez. Luego me miró y dijo:

- Acamparemos aquí mismo esta noche. Prepara una fogata, y luego busca hojas de romero y manzanilla. Tráemelas cuando puedas para que pueda preparar una infusión.

Se agachó y cogió una piedra plana que llevó junto al enfermo. Se arrodilló junto a él y mirando los frascos, comentó.

- Estas malherido. Voy a prepararte un emplasto de hierbas, tal y como me enseñaron en oriente. El galeno me dijo que el mejunje tenía propiedades curativas y quitaba el dolor y la infección. Veremos si era cierto o no.

Volcó en el almirez algunas hojas de lavanda y aloe, y comenzó a majarlas suavemente con el pomo del puñal. Al poco volvió Fernando con un ramillete de hojas y flores en las manos.

- Encontré bastante manzanilla, y algo de romero, Iñigo.

- Bien. Pon una cazuela al fuego con agua, y cuando este empiece a burbujear, échale dentro la manzanilla y unas hojas de ese frasco que pone menta. Echa el romero en el almirez.

Durante unos minutos, cada uno se dedicó a su quehacer. Cuando Iñigo, mirando la cazuela, observó que el líquido había adquirido un color amarillo-verdoso, le dijo a Fernando.

- Ya está la cocción lista. Dásela al sargento, mientras yo le curo la herida.

Así, mientras Le levantaba la cabeza al soldado, y vertía en su boca la bebida poco a poco, Iñigo descubrió la herida del torso, y la fue lavando con un trapo limpio, mojándolo en el resto del brebaje que quedaba en la cazuela. Cuando terminó, aplicó sobre la herida la cataplasma que había preparado, procurando que quedará toda la zona cubierta. La vendó de nuevo con tiras de tela limpias y tapándolo, lo dejó descansar.

- Ahora, sólo quedar esperar que el ungüento funcione. Fernando, visto lo que ha sucedido hoy, haremos guardia. Desde ahora, no podemos descuidarnos.

Cabeceé asintiendo y me levanté para desensillar los caballos, y darles algo de forraje y agua. Cuando terminé, fui junto a Iñigo y le acerqué una manta.

- Tápate con esto. La noche refrescará. He cogido un mendrugo y algo de queso. Comamos y luego, yo haré la primera guardia.

- Bien esta. Despiértame pasadas cuatro horas. mañana saldremos temprano - Me miró y dijo - a partir de ahora tenemos que ser precavidos. Quienes nos han atacado ha sido mandados por un templario, y sabe de nuestra misión. Las ropas nos delatan fácilmente. Tenemos que cambiarnos de vestiduras para pasar desapercibidos. Además, no deberíamos acercarnos a Larzac, porqué saben de nuestra relación con la Encomienda y nos pueden estar esperando.

- También lo había pensado. Qué crees que deberíamos hacer.

- Cambiar la dirección, y dirigirnos ya al Sur. Las cosas no van a ser fáciles si nuestros propios hermanos nos persiguen. En Francia ya no somos tan queridos ni respetados, y la situación parece que va a ir a peor. En los reinos levantinos, nuestros hermanos están en mejor situación, y los acogerán de buen grado. Deberíamos llegar al reino de Valencia, allí tengo buenos amigos.

- ¿Serán de confianza?

- Algunos si. No tenemos opción. Hemos de cumplir la misión que nos encomendaron, y quienes nos persiguen no imaginaran nuestro destino. Pasar por Arienzo y cruzar el reino de Aragón, nos acerca mucho a Monzón, que es el feudo principal de Montfort, y ha sido uno de ellos quien nos ha atacado. Seguiremos una ruta directa al Sur.

Comieron la frugal cena en silencio, y al terminar Iñigo, se acercó al herido, tocó su frente y girándose comentó:

- Parece que no sube la temperatura. Si Dios quiere, puede que salga con bien.

Se tumbó junto a la fogata y tapándose con la manta, se quedó dormido al instante. Por mi parte, me levanté y acerqué a los caballos. Allí, contemplé la espesura del bosque y escuché los sonidos que la noche ofrecía. No pude captar nada fuera de lo corriente, por lo que me senté sobre la silla junto al fuego, y vigilé perdido en mis pensamientos.

Las primeras luces despuntaban por el Este. Aún no asomaba el astro rey, pero el cielo clareaba y mostraba lo que parecía iba a ser un día soleado y cálido. El amanecer hacía brillar las hojas por el rocío, ofreciendo a la vista, un mar de color verde brillante, que se mecía como olas al ritmo que la brisa que soplaba de oriente imponía.

Iñigo me había despertado hacía un rato y me informó del estado del sargento.

- Parece que ha superado la primera noche sin fiebre. La herida mantiene un color rosado, y no aprecio puntos negruzcos en los bordes. Tampoco está la carne del pecho hinchada. He dispuesto la cazuela con unas hojas de té que conservaba. Bebe un poco, y te estimulará y saciará el estómago. Más tarde comeremos. Ahora debemos partir, cuando el sol siga todavía bajo, para evitar el exceso de calor.

Apagamos la fogata y tras tapar el herido, ensillamos y comenzamos a cabalgar de nuevo buscando el sendero, en dirección Oeste.

- Si no recuerdo mal - Me miró -, creo que hay una aldea a un día de viaje. Si mantenemos el paso, podríamos llegar antes del anochecer. Podremos descansar a cubierto y dejar al herido. Así viajaremos más rápido.

En la espesura del bosque, Maxim de Montfort los vigilaba. Furioso por no haber conseguido lo que pretendía, no tenía otro remedio de momento que seguirles. Ir a buscar ayuda le alejaría de ellos, pudiendo perderles la pista. Por otra parte, con un herido al que cuidar, no podrían avanzar muy rápido, y tendrían pronto que dejarlo en alguna villa para poder recuperar el tiempo perdido. Sería entonces cuando buscaría la forma de contactar con sus aliados y emprender de nuevo la persecución. ¡Se haría con el tesoro que ocultaban!

Retrocediendo unos pasos, observó como levantaban el campamento, y al cabo de unos minutos, les siguió sin abandonar la cobertura que le daban los árboles., madurando como ejecutar su venganza.

Llevaban todo el día cabalgando sin parar, salvo el tiempo mínimo para dar de beber y alimentar a las monturas. Comprobaron de nuevo el estado del enfermo.

- Se mantiene sin fiebre. Igual sale de esta - dijo Iñigo, tras quitar la mano de la frente del herido.

- Dios lo habrá querido así. - Le miré sin aprecio - Se que no es de buen cristiano, pero este hombre sólo ha querido hacernos mal desde que nos conoció.

- La avaricia es una mala consejera, y la pobreza no facilita la bondad y el cariño fraterno. Las personas suelen ceder ante las tentaciones que les prometen riquezas y vida fáciles. El estoicismo ha quedado para pocas gentes, aquellas que creen en algo superior, por lo que les importa menos o nada lo que tengan en esta vida, y se acostumbran a vivir de lo escaso, no ansiando más de lo que tienen.

- Aun así. La desconfianza anida en mi pecho. No será fácil para mí confiar en lo que nos encontremos de ahora en adelante.

- Ten fe, Fernando - me miró serio - Cumpliremos lo encomendado, porque somos siervos de Dios, y nuestra misión es justa. Lo haremos juntos.

Asentí y volví a montar. Al paso lento, avanzamos un par de hora más en silencio. Desde lo alto de una pequeña loma que acabamos de subir, divisamos un amplio valle. En él, varias cabañas formaban un poblado no muy grande. El humo de sus chimeneas mostraba como los habitantes encendían sus fuegos para preparar la cena. Con el río serpenteando a poca distancia, el aire bucólico de la escena nos transmitió serenidad y sosiego. Árboles frutales se desparramaban por el panorama a lo largo y ancho, de prados de un verde claro salpicados de motas de color de las flores silvestre. Algunos campos labrados, daban un tono de ocre al cuadro que observábamos. Algunos campesinos continuaban sus labores agrarias, mientras otros se dirigían por el sendero a sus casas, dando por terminada su jornada de trabajo. Un grupo den niños jugaban cerca del agua, correteando y gritando, mientras reían alborozados.

- ¡Vamos Fernando! Entraremos en la aldea para pedir alojamiento.

Tirando de las riendas de nuestras monturas, bajamos la loma, y nos metimos el sendero, para seguir en dirección a las casas. Al llegar a la primera, vimos como varios hombres se nos habían acercado, algunos de ellos portando en la mano hoces y guadañas.

- A la paz de Dios, hermanos -. Iñigo saludó sonriendo, levantando la mano como gesto de paz. - Querríamos pediros alojamiento para mis amigos y yo. Tenemos un herido al que deberíamos atender, y nos vendría bien un lecho y algo de comida. Pagaremos gustosamente por ello, y os estaremos además agradecidos.

Uno de los hombres, alto y nervudo, moreno y con semblante serio, se erigió en portavoz de los lugareños, y nos espetó:

- ¿De dónde venís templarios? Aquí no es frecuente ver hombres de armas.

- Venimos de ultramar, de cumplir con los deseos de Dios y el Papa, luchando con los infieles en Oriente. Volvíamos a casa cuando unos bandidos nos atacaron e hirieron a nuestro compañero. Querríamos descansar esta noche con vosotros, si lo permitís, y mañana, retomar el camino hacía nuestra Encomienda.

La gente de la aldea se acercaba al grupo que habíamos formado, para escuchar la conversación. Las mujeres, con Susi mandiles manchados de comida, y sus gorros recogiendo el cabello. Los niños también se aproximaron a los caballos, comentando y señalando asombrados a nuestras vestimentas y armas.

- Somos pobres, mis Señores. No tenemos mucho que ofrecer.

- No necesitamos mucho. Un suelo de paja dónde dormir en el establo, y algo de comida nos bastará. Poder atender a nuestro compañero también nos ayudará. Os pagaremos para resarciros vuestras molestias.

- No se desprecia ni ignora a un caminante necesitado. Descabalgad. Os llevaré a mi establo, donde alimentaremos a los animales y les daremos agua. En la casa no hay sitio, pero un buen puñado de paja será un lecho cómodo para pasar la noche. Mi mujer os dará de comer.

- Muchas gracias. No os molestaremos más de lo necesario.

Siguieron al portavoz hasta una casa construida a la izquierda del sendero, entre este y el río. Atamos los caballos en un poste. Un pequeño porche con un escalón daba acceso a una planta baja. En el interior, una mesa de madera, con sillas toscamente labradas, mostraban lo que era la zona de comer de la familia. A su izquierda, bajo un trípode des que pendía una olla grande que humeaba, rellena de un líquido borboteando, prendía un fuego que daba además, calor a la estancia. Al fondo se veía una cama, medio oculta a la vista de la gente por una sábana corredera.

La mujer, de espaldas a nosotros, moviendo su cucharón dentro de la olla, se giró y nos dijo:

- En diez minutos estará la comida. Dejad al herido junto a la cama. Esposo, ve con los señores y arregla sus caballos.

salimos en silencio, y seguimos al hombre hasta un pequeño establo. En el exterior, una artesa largada llena de líquido hizo que nuestras monturas, relincharan y agitaran sus belfos, empujando hacía el agua.

- Acercar a las bestias al agua. Yo prepararé el forraje.

Así lo hicimos. Cuando los animales bebieron, los llevamos al interior donde el hombre ya había dispuesto en el suelo, dos pequeños montones de comida para las bestias. Las desensillamos y acercamos para que comieran. Fuera de nuevo, nos lavamos la cara y brazos en la artesa, y acompañamos al granjero a su casa.

Cenamos en silencio. Dos zagales, nos miraban y cuchicheaban entre sí. Mirándonos, el granjero preguntó:

- ¿De dónde decíais que venís, caballeros?

- Hemos estado luchando en San Juan de Acre, en Ultramar. Lamentablemente, la plaza se perdió a manos de los infieles, y se nos ordenó volver a Francia.

- Habréis visto pues muchas calamidades.

- En efecto. Nuestros hermanos cristianos han sufrido. Muchos han muerto defendiendo la cruz. Mucho nos tememos que se pierda lo que para gloria de Dios se había conseguido en aquellas tierras.

- ¿Y cómo os han atacado aquí? En Francia no hay infieles.

- No lo eran, y no lo sabemos. Agradecemos vuestra hospitalidad, y quisiéramos recompensaros por ella. ¿Sería mucho pedir que os dejásemos a nuestro compañero para que pueda reponerse de sus heridas? Con las monedas que os demos podríais atenderlo y os quedará mucho para lo que preciséis.

- La bondad no debe ser retribuida - el granjero elevó la cabeza dignamente.

- Cierto, pero la generosidad si que puede ser recompensada - replicó con una sonrisa Iñigo. Añadió - Además, querría pedirle a vuestra esposa un favor, con vuestro permiso - se giró a ella y continuó - Señora, necesitaríamos ropas oscuras que cambiar por las nuestras. Como veis, están rotas por varios sitios y son además muy llamativas. Con un par de túnicas oscuras nos apañaríamos bien.

- Debo tener algo oscuro en el arcón. Buscaré y os prepararé un par de ellas. Dejarme las vuestras para que pueda tomar las medidas.

- Gracias Señora - sonrió Iñigo.

En silencio, escuché la conversación. Cuando terminó la cena, les conté a los muchachos algunas de nuestras aventuras, privándoles de los momentos escabrosos. Les gustaba oír relatos de caballería, con fanfarrias y toques de tambores. Mientras tanto, Iñigo se acercó al herido para comprobar como estaban sus heridas. Al terminar se acercó al grupo y comentó:

- Nuestro compañero está mejor. No tiene fiebre. El tiempo hará su labor curativa, pero no dará mucho que hace.

Nos despedimos de nuestros anfitriones, y nos encaminamos a los establos. Echamos una última mirada a los caballos, y nos tumbamos sobre el montón de paja que había dispuesto el granjero, durmiéndonos en el acto.

DIECISEIS

No había podido dormir mucho esa noche en el establo, inquieto por el futuro que se nos abría, y me había levantado y acercado a la casa antes de amanecer. Junto a la puerta, oí movimiento y voces. Toqué quedamente y el granjero abrió y me hizo un gesto para que entrara.

- Pasad, mi Señor. Podéis comer con nosotros. Mi esposa ya os ha preparado la ropa. - La mujer se hallaba sentada, con aguja e hilo en la mano, terminando una túnica. - Probáosla, por favor.

La granjera sonreía satisfecha. Había preparado para mí una túnica negra sin mangas y corta, cómoda para montar y moverme. La metí por el cuello y la estiré. Miré al pecho, y extrañé el símbolo de mi orden, por el que había luchado y pasado tanto. Una idea, como un relámpago, vino a mi mente y girándome mire a la mujer y le dije:

- ¿Señora, podríais coserme un trozo de tela en el pecho, si os dibujo la forma?

- Claro, mi Señor. ¿Qué habéis pensado?

Por respuesta, me acerque al lar*, y con una vara, pinte en el hollín del suelo una cruz, con cada punta abierta en dos.

*Sitio en una casa destinado a encender un fuego para cocinar o calentar la estancia, especialmente el que está al nivel del suelo o ligeramente elevado.

- ¿Sería posible con una tela más clara, pero no blanca, cortar y coser una cruz de esta forma?

- Dadme un momento, mi Señor.

Se levantó y acercó al baúl. Rebuscó en su interior y encontró un retal gris. Girándose a mí, lo mostró y dijo:

- ¿Este color os valdría?

Afirmé. Sin una palabra más, cogió un tizón de la cocina, y dibujó sobre la tela una tosca cruz. Apoyó la tela sobre un taco grueso de madera, y con un cuchillo, fue dando forma a la cruz. Cuando terminó, la extendió sobre la túnica y comenzó a coserla. Cuando finalizó, me devolvió la túnica.

- Volvérosla a poner.

Me la puse y bajé la mirada a mi pecho. Sobre el negro de la tela, destacaba una cruz grisácea. Si bien de lejos, quedaba disimulada, de cerca, se apreciaba con claridad. No quería renunciar a la orden, y de esta forma, la llevaría conmigo.

Iñigo se acercó a la casa a primera hora de la mañana. Me vio sentado en el porche hablando con el granjero y su mujer. Me había cambiado de ropa, y al verle me incorporé para saludarlo.

Al verme, se quedó parado y comentó:

- No te reconozco, Fernando. - Me miró de abajo arriba - Pareces otra persona distinta.

La granjera sonrió y dijo:

- Tengo otra preparada para Vos. - Se levantó y se acercó a la cama, cogiendo de esta otra túnica de color oscuro. - Probáosla, por favor.

Iñigo se puso la túnica, la ciñó y ató a la cintura con un trozo de cuero negro, y nos miró.

- Estás distinto - comenté - Y esa es la idea.

- Os he preparado además dos capas con capucha. Os permitirán resguardaros de la lluvia y también de miradas extrañas.

- Sois muy generosa, ... y perspicaz - comentó Iñigo. - No tendrías que haberos molestado tanto.

-Mi Señor, habéis sido muy generosos con nosotros. Mi esposo me ha dicho que dejaréis a nuestro cuidado al herido. No os preocupéis por él. Cuando se recupere, si así Dios lo quiere, lo acercaremos a una villa cercana, para desde allí, partir hacía donde desee.

- Muchos os agradecemos mi amigo y yo vuestras atenciones. Sois gente de bien, y siempre os recordaremos en nuestras oraciones.

- Gracias a Vos, señores.

Salieron y se encaminaron a los establos. El granjero alimentaba a los animales dentro del redil. Al verlos llegar, les preguntó:

- ¿Partís ya?

- Sí. Cuando antes nos vayamos, antes terminaremos con nuestro encargo. Habéis sido muy amables con nosotros.

- Gracias, mi Señor. No habíamos conocido antes caballeros como vosotros. Cuidaros y viajar en paz.

Iñigo puso una mano sobre el hombro del granjero y asintió emocionado. Entramos en el establo, ensillamos nuestras monturas y salimos con ellas de las riendas. Montamos y despidiéndonos con un gesto del brazo, emprendimos un trote ligero alejándonos de la aldea.

Tras la loma, Maxim de Montfort había contemplado toda la escena. Se había quedado toda la noche al raso vigilando, no fuera que decidieran partir de noche.

Le asombró verlos salir de la casa vestidos con otros ropajes. No entendía el porqué de ello, pero su vigilia fue compensada porque de otra forma, igual no hubiera podido reconocerlos.

Descendiendo por detrás de la elevación, soltó a su caballo del arbusto al que le había atado por la noche, y le quitó el pañuelo con el que le había atado la boca al animal. Le palmeó la quijada y montó. Sin prisa, comenzó a seguir a los dos jinetes.

Llevaban varios días cabalgando en silencio, sólo roto por las indicaciones de uno u otro, con respecto a la ruta a seguir. La ruta terrestre les obligaría a cruzar la cordillera para abandonar el reino. Eso además los llevaría a pasar por el condado de Barcelona, donde Los Montfort mantenían grandes influencias por su origen, lo que les expondría a ataques o emboscadas. Por ello, eligieron alternativa cabalgar en dirección Sur, buscando la villa de Lauriè. Allí, Iñigo conocía a algunas personas que podrían ayudarnos, y buscar un capitán de barco que los trasladara por la costa, hasta más allá de los territorios controlados por los amigos de Montfort.

Iñigo, taciturno, cabalgaba ensimismado en sus propios pensamientos. Las profundas ojeras oscuras que destacaban bajo sus ojos mostraban el poco descanso que sus pensamientos le brindaban por la noche. Yo, abatido al no saber cómo ayudarle, intentaba darle conversación para distraerlos de sus cuitas.

- Iñigo, te veo preocupado - afirmé, más que pregunté.

- Lo estoy, hermano. - Me miró - Si la misión era complicada al principio, la traición del sargento la ha hecho mucho más difícil. Los Montfort son un linaje fuerte dentro de la orden, y la traición de Maxim es inesperada. Si los valores y los preceptos de nuestra hermandad no suponen nada para él, ¿cómo podremos saber si hay más hermanos corrompidos por el afán de riquezas, prestos a traicionar nuestros principios?

- Esperemos que sólo sea él, y los que le secunden los que se enfrenten a nosotros. La orden pasa por un mal momento, pero a buen seguro, hay muchos hermanos que creen y confían en que todo se arreglará, y cumplen las reglas de Claraval.

- Espero que tengas razón, Fernando. Los campesinos con los que nos hemos cruzado no nos han mirado con buenos ojos. Se mostraban huraños y desconfiados, cuando hace unos años no era así. En la taberna en la que pernoctamos hace dos noches, oí una conversación entre tres lugareños en la mesa de al lado.

- Sí. recuerdo haberte visto atento a sus palabras.

- Decían que el Temple estaba corrompido, dedicándose los caballeros a prácticas impías. Hablaban de sodomía y otras aberraciones. Hacían mofa del sello de nuestra orden, e insultaban y denigraban el que montasen juntos dos caballeros. No entienden el símbolo de pobreza que ello implica, sino que sus mentes sucias, ven lo que desde Paris quieren que se vea.

La campaña orquestada por Felipe IV y su consejero Nogaret, está influyendo, y mucho, en la opinión del pueblo. Ni se nos quiere ni se nos respeta como antaño, y va a ir a peor.

Creo Fernando, que estamos ante el principio del fin de la hermandad, y pido a Dios que nos deje cumplir esta última encomienda, pero ¿A quién dejaremos el mensaje para que pueda encontrar la reliquia? ¿Será un hombre de bien, afín a nuestro credo?

- Iñigo. - Acerqué mi montura a la suya y le mire - Cumpliremos con nuestra misión, como nuestro corazón e intelecto nos aconseje en cada momento. Dios hará que nuestro esfuerzo no sea vano.

- Ojalá Él te oiga, amigo mío.

Y de nuevo en silencio, siguieron galopando hacía el sur, buscando la costa.

DIECISIETE

El ocaso se acercaba rápidamente. El astro rey iba ocultándose por poniente, ofreciendo un halo atornasolado sobre el horizonte. Al trote, discurríamos por un sendero descendente, que terminaba más allá del bosque, en la villa junto al mar. Bordeados de un bosquecillo de robles y hayas. Los pájaros trinaban y revoloteaban entre las ramas. Se oían movimientos entre la maleza que delataban a los jabalíes que hozaban en la tierra buscando comida.

Salimos del bosque y continuamos bajando por el sendero. Ya ase avistaban las primeras casas, con pequeñas parcelas roturadas, preparadas para la próxima cosecha. Algunos animales sueltos, pacían en el prado.

Sin pararnos, atravesamos el arrabal y nos adentramos por las callejuelas de la villa, hasta llegar a una pequeña plaza donde, junto a una fuente de agua. Los niños jugaban y las mujeres charlaban entre ellas, riendo fuertemente las gracias que se comentaban.

Nos apeamos al llegar a la fuente, y con los caballos asidos por las bridas, nos acercamos al agua. Sacamos de las alforjas unas escudillas y las llenamos de líquido para que los nobles animales pudieran saciar su sed. Después, nos refrescamos la cara y bebimos unos sorbos.

Miramos a nuestro alrededor, pero no observamos nada anormal. Continuamos nuestro camino a pie, con las yeguas de la mano, hasta el barrio donde se encontraba la taberna del amigo de Iñigo. Cuando llegamos a la puerta, observamos alrededor y vimos, dos casas a la izquierda, un establo con las puertas abiertas, y un mozo limpiando el suelo con el escobón. Nos acercamos y preguntamos por el dueño del local.

- No está aquí ahora. ¿Queréis que lo busque, señores?

- Sí, por favor. Toma esta moneda por las molestias.

cogió al vuelo la moneda el zagal, y salió a la carrera. Volvía al cabo de unos minutos con un individuo delgado y nervudo, con barba de un par de días, y escasa higiene. Se cubría con un mandil, de un color indeterminado, por las muchas manchas que contenía.

- ¿Queríais verme, mis Señores?

- Sí. Querríamos comida y agua para los caballos.

- Por supuesto, mi Señor. Aquí estarán bien atendidos.

- Sea pues.

Dentro del establo, desensillaron a los animales y los acercaron a una artesa donde vertieron agua. Vieron como el zagal se acercaba.

- No os preocupéis, señores. En seguida me pongo a atender a vuestros caballos. Los voy a cuidar muy bien.

- Bien dicho. Eres un buen negociante. Toma esta moneda, y si mañana vemos que has trabajado bien, tendrás otra igual.

El zagal hizo una reverencia exagerada y salió corriendo para volver al momento con una paca de alfalfa sobre los hombros.

-Marchad en paz, señores. Yo me cuido de todo.

De vuelta en la calle, se encaminaron a la taberna. Bajaron dos escalones y abriendo la puerta, penetraron en su interior.

Montfort les había seguido a distancia. Escondido en el quicio de una puerta, vio como dejaban los caballos y se metían en la taberna.

Rápidamente se encaminó a un burdel en la zona del puerto, donde sabía que solían estar algunos facinerosos a los que había necesitado en otras ocasiones. Un cartel, de madera medio podrida, que mostraba a una mujer luciendo unos encantos extremadamente enormes para su tamaño, le hizo ver que había llegado a su destino. Al entrar, miró a las gentes que ocupaban las mesas, hacinadas unas junto a otras, en un ambiente lleno de humo de tabaco y de olores agridulces, mezcla de bebidas raras y poca limpieza corporal. Las mozas, pululaban entre estas, mostrando y luciendo sus encantos, dejando poco que ver a la imaginación.

Vio a quien buscaba en una mesa, al fondo del local. Se dirigió a ella. Cuando le sintieron venir, los ocupantes le miraron sin reconocerlo, con desagrado por interrumpirlos. Uno de ellos, al que llamaban Giovanni, ladrón y asesino cuando era menester, al reconocer al recién llegado, se puso en pie y exclamó:

- Mi Señor, ……. no os esper …….

- ¡Silencio! - En tono quedo e imperioso continuó - ¡Escuchad! Necesito que alguien de tu confianza lleve un mensaje a la casa de Montfort que tenemos a dos días de aquí. ¡Tiene que partir ya!

- Aquí mi compadre, es de confianza, y por unas monedas, os llevará cuantos recados queráis.

- ¡Sea pues! - miró al señalado por Giovanni - Saldrás ahora mismo. Ve a los establos. Coge el caballo más rápido, y dile al encargado que Montfort le pagará. Cabalga sin pausa, y entrega este papel al jefe de la guardia de la casa de Montfort. Luego, vuelve rápido.

- Sí, mi Señor. - Se levantó y sin decir nada a los demás de la mesa, se despidió con un gesto y salió a cumplir su misión.

- Tú, Giovanni, tienes otra encomienda. ¿Conoces la taberna "El león de Oriente"?

- Por supuesto, mi Señor. Aunque no es de las que yo frecuento.

- Eso ahora no importa. Acércate a ella, Verás a dos hombres con ropajes oscuros juntos. Por el porte y comportamiento sabrás que son caballeros. Siéntate cerca de ellos, y escucha todo lo que digan. Siempre has presumido de buen oído. Ahora es la ocasión de demostrarlo. Hay un buen dinero a ganar dependiendo de lo que me traigas.

- Está hecho, mi Señor.

Giovanni se levantó y salió del burdel. Montfort miró al resto de la mesa, sonriendo torvamente.

- Vosotros no me habéis visto, y yo no he estado aquí. ¡Entendido!

Los tres granujas bajaron la cabeza y asintieron al mismo tiempo. Maxim de Montfort se giró, apartó con el brazo a un mozo que iba a chocarse con él, y salió del local. Giovanni sabía dónde encontrarle después.

DIECIOCHO

Conocimos al capitán en la posada donde nos alojamos la noche anterior. Iñigo recordaba su ubicación de otras veces que, cumpliendo tareas de la orden, había pernoctado en la villa. Cuando entramos, el tabernero lo reconoció, y al pronto, salió de detrás del mostrador y le saludó efusivamente:

- Don Iñigo, bienvenido a esta vuestra casa.

- Mi buen Roland, el tiempo no os trata mal. Os habéis redondeado un poco si se puede decir.

- Casi dos arrobas he engordado dese que combatí junto a Vos. El moro y la mucha hambre que pasamos me comió la grasa más de lo que hubiera querido.

- Cierto es, amigo mío. Querríamos un cuarto para poder descansar esta noche, si es posible, y algo de comida también.

- Claro, mi Señor. Para Vos no faltará nunca un sitio en mi casa. Sentaos, si os place, en aquella mesa, y en seguida os hago llevar un plato de carne y una jarra de vino. Por cierto, mi

Señor ... No querría ser indiscreto, pero no he podido por menos que fijarme en vuestras vestimentas.

- Mi querido Roland, sigues tan observador y astuto como siempre. Hemos comprobado desde que volvimos de tierra santa, que el ambiente en el reino no es favorable para nuestra orden.

- Lo cierto mi Señor, es que tanto el rey como su consejero, vierten de continuo infundíos y bulos sobre los templarios. El pueblo llano quiere llenar el estómago, y siempre ha creído que las casas nobles tienen privilegios que deberían compartir en parte, No es buen momento en general para todo aquel que tenga riquezas.

- Por ello entenderás que hayamos decidido cambiar de indumentaria. De esta forma, podremos viajar más discretamente.

- No temáis. Aquí no os ha visto nadie. ¿Necesitáis algo más?

- Ahora que lo mencionas, sí. ¿Conoces a algún capitán de barco que pueda llevarnos a las costas mediterráneas?

- Suelen venir dos o tres de ellos, cuando sus negocios les raen a la ciudad. Uno de ellos, tiene fama de honesto y mantengo un buen trato con él. ¿Queréis que os lo presente si aparece?

- Te lo agradeceríamos.

- Pues ahora, comed y descansad. Ya vigilo yo por si viene.

- Gracias Roland

Nos encaminamos a la mesa situada al fondo de la taberna, apartada del humo de los fogones. Sentados como estábamos, nos mantuvimos en silencio un rato, descansando los huesos y la cabeza. Noté que Iñigo se envaraba y prestaba conversación a lo que se decía en una mesa cercana. Por mi parte, me apresté también a escuchar si podía.

- Eso me han dicho unos amigos que llegaron de Paris no hará ni dos semanas. Los templarios están cometiendo desmanes y tropelías por donde van. – Exclamaba exaltado uno de los tertulianos.

- No puede ser, compadre. – Replicaba uno de sus interlocutores. Calló y momento, y continuó – los templarios siempre han defendido a los débiles y han combatido contra los infieles. Nunca han guerreado contra cristianos. No puede creer que, de pronto, se vuelvan enemigos de la cristiandad.

- Pues mi compadre lo sabe de ciencia cierta. – Insistía el primero – La corona ha publicado una serie de felonías cometidas por ellos, y ya han detenido a algunos para castigarlos por sus crímenes.

El resto de los ocupantes de la mesa asentía o negaba con la cabeza, el debate que los dos prosistas mantenían. Iñigo dejó de prestar atención, me miró y dijo:

- Ya lo anticipé cuando veníamos para aquí. Corren malos tiempos para nosotros. Lo mejor que podemos hacer es salir pronto del reino.

- Tenías razón, amigo. – Concedí pesaroso.

En esto, se acercó el tabernero a interesarse por nosotros.

- ¿Es de vuestro agrado la comida, mis Señores?

-Está muy bien todo. Gracias por tus atenciones, amigo.

- No es nada, mi Señor. ¡Mirad! ¡Ahora le veo entrar en el local! El capitán del que os hable. Estuvo también en las Cruzadas como nosotros.

- ¿Podrías invitarle a sentarse a nuestra mesa, y traerle una jarra para que beba con nosotros?

- Ahora mismo. Vuelvo raudo.

Vimos cómo se dirigía al señalado, y con una mano en el hombro de este, nos señaló y le acompañó a nuestra mesa.

- Crisóforo, voy a presentarte a dos buenos amigos míos, que te invitan a su mesa. Siéntate con ellos, y te mando en seguida un plato de comida.

El capitán nos miró, y al momento, asintiendo con la cabeza, se sentó junto a nosotros.

- Gracias por la invitación, mis Señores. Queríais hablar conmigo.

- Si no ha inconveniente, sí. Roland es un antiguo compañero de armas y amigo, y le hemos inquirido por si conocía a algún patrón de barco de la localidad. Él nos ha hablado de Vos.

- En efecto. Tengo un barco de carga, el "Aurora", con el que recorro el Mar Nuestro*, caboteando con los reinos de Valencia, Denia y Murcia, sobre todo.

- Pues bien. Si no os hace desarreglo, nos gustaría poder viajar con Vos. pagaríamos bien el pasaje, y no portamos equipajes que os puedan molestar en la travesía.

- Siendo amigos de Roland, no veo mayor problema. Precisamente salgo mañana en dirección al puerto de Valencia. ¿Os vendría bien el destino?

- Muy bien, capitán. Poned precio.

- De acuerdo entonces. Mañana, presentaros al alba en el muelle.

Se despidieron amigablemente, y mientras el capitán permanecía en la mesa, nos dirigimos a buscar a Roland.

* Mar Mediterráneo

- Amigo, gracias a ti, hemos podido arreglar nuestro asunto. No sabemos cómo pagároslo.

- Vuestra amistad es suficiente. Coged ahora esas escaleras del fondo, y subid al piso de arriba. Tenéis preparado el cuarto que está a la izquierda, nada más subir.

- Muchas gracias, hermano. - Iñigo le abrazó emocionado.

- Gracias a Vos. No olvidaré nunca que pude volver por Vos, sino habría muerto. Y ya sabéis que aquí no os ha visto nadie.

Se despidieron y fueron a dormir. Al día siguiente, abandonarían el reino de Francia, quizás para no volver nunca más. Ahora, más que nunca, estaban concienciados de culminar la misión que les encomendó Guillaume.

Giovanni prestaba atención a todo lo que se decía en la mesa de al lado. Tras la conversación con el señor de Montfort, buscó el local y entró en él.

Mirando a derecha e izquierda, en seguida reconoció a sus objetivos, merced a las indicaciones que su contratador le había dado. Paso por entre las mesas, y localizó una vacía junto a la de los dos caballeros. Pudo ver como el más mayor escuchaba a su vez, la conversación de su mesa vecina. Al poco tiempo, llegó el cantinero con un sujeto que, por sus andares y vestimenta, parecía marino.

Presto a escuchar, pidió por gestos una jarra de vino, y cogiendo el peltre con aíre distraído, se recostó en la pared, escuchando sin perderse nada de la conversación.

Cuando esta terminó, los caballeros se levantaron, y tras lo que parecía una despedida, subieron unas escaleras que conducían a las habitaciones.

Sabedor de que pasarían la coche en el local, se levantó, echó unas monedas sobre la mesa, y salió de la taberna. Sabía dónde se alojaría el Señor de Montfort. Iría allí y le informaría. Si el Señor se mostraba complacido con la información, esta noche tendría algunas buenas monedas de plata para gastar.

DIECINUEVE

Habíamos abandonado pronto el cuarto de la posada. Nos encaminamos a los establos, donde el dueño y al zagal limpiaban y daban de comer a las bestias. En seguida nos pusimos de acuerdo en la venta de los animales. No los necesitaríamos en el barco, y allí donde íbamos, encontraríamos seguro algunos caballos que comprar.

Embozados en las capas, recorrimos las callejuelas con una mano encima del pomo del puñal. El olor a salitre nos orientaba. Algunos marinos borrachos enfrascados en discusiones con meretrices de aspecto macilento y cansado confirmaban que íbamos por el camino correcto.

Al salir de una pequeña plaza triangular, nos encontramos en plena zona portuaria, construido a base de piedras viejas y húmedas, por las muchas resacas que el oleaje producía al romper con el muelle y soltar el agua sobre las mismas. Los toneles y Barriles se acumulaban, sin orden y concierto a derecha e izquierda. Casas con carteles en la puerta en la que mostraban mujeres con poca ropa y en actitud dispuesta, marcaban dónde estaban los burdeles de la zona. Junto a estos, las tabernas proliferaban, una junto a otra.

Nos dirigimos a la zona de atraque de los barcos, esquivando los bultos apilados en el suelo, y a los marineros que portaban las cargas, bien hacía el interior de los buques, bien bajando de estos con la mercadería al hombro para llevarlas a las atarazanas. Cuando localizamos al capitán con el que habíamos acordado el pasaje la noche anterior, subimos la pasarela y nos dirigimos a él.

- Buenos días, capitán. – Iñigo le saludó con un leve gesto de la cabeza.

- Buenos los tengan ustedes, mis Señores. – E breve saldremos del puerto. Dejen aquí sus hatos y acompáñenme en el puente.

El capitán era un hombre corpulento y alto, con una barba espesa e hirsuta que tapaba una mandíbula prominente, ojos de color negro bajo unas cejas pobladas. Calvo como era, el pelo le comenzaba a media oreja, tapando su calvicie con un gorro de lana morocho. Subimos por las escaleras al castillo de popa, y junto a él y su timonel, esperamos la partida.

Despuntaba el sol por el horizonte cuando el navío salía del puerto en dirección Sur. Acompañando al capitán en el puente, pudimos observar las maniobras que los avezados marinos ejecutaban. Con las velas desplegadas para coger viento favorable, el barco se movía rápido sobre las olas. Cuando abandonamos el malecón, el capitán ordenó un nuevo rumbo que nos enfilaba hacía las costas de levante.

Dos días de navegación, siempre en dirección sur-suroeste, con un ligero viento del norte que llenaba las velas, nos procuró un viaje cómodo y rápido. El cielo, de un intenso azul, salpicado con algunas nubes de un blanco algodonoso, conformaba un bello paisaje que nos infundía sosiego y paz. Las órdenes del capitán, transmitidas por el contramaestre a la tripulación, nos permitía aprender cómo era la vida en un barco. Como hormigas bien organizadas, unos y otros se movían hacía sus respectivos quehaceres sin entorpecerse. Como todos los días, nos encontrábamos en el castillo de popa, observando el trabajo de los marinos.

De pronto, el vigía voceó desde la cofa:

- Vela a la vista! ¡Por la amura de babor!

El capitán sacó el catalejo y apuntó donde le indicaba el vigía.

- ¡Allí! ¡Se puede ver el principio de un palo!

Le pasó el catalejo a Iñigo. Este, después de observar donde le señalaba el capitán, concluyó:

- Se dirigen hacía nosotros. ¿Qué intenciones tendrán?

- En estos mares, malas, mi Señor. Deben ser piratas mallorquines. Están siempre atacando embarcaciones aisladas, y tienen fama de ser crueles y no dejar a nadie vivo tras el ataque. Pero me preocupa también no ver más que un sólo barco. Suelen trabajar en grupo.

- Entonces, habrá que estar atentos. ¿A que distancia calculáis que están, capitán?

- No muy cerca todavía, pero con la velocidad del viento, y el rumbo que han tomado, podrían alcanzarnos en unos quince o veinte minutos. Llevan bajeles muy rápidos.

Por el Sureste, la silueta del barco iba apareciendo. Dos velas se vislumbraban a lo lejos, en un claro rumbo de colisión.

- Tendremos que prepararnos. - Continuó el capitán - No podemos competir con su velocidad, y tampoco nos da tiempo a acercarnos a la costa. Son barco de menos calado, y allí, tendrían si cabe, más ventaja. Mis Señores, deberíais meteros salir de la cubierta. Sé que vuestros preceptos y reglas no os permiten luchar contra cristianos, y yo no voy a entregar el barco sin resistencia.

- Os habéis portado bien con nosotros, y no os vamos a dejar en la estacada. Circunstancias especiales requieren medidas especiales. Hemos combatido antes, y si os dejásemos a vuestra suerte, no nos lo podríamos perdonad. Decidnos dónde podemos ayudaros.

- Gracias, mi Señor. A Dios gracias, no hemos sufrido con anterioridad ataques, y nuestra experiencia se basa en las peleas de taberna cuando el alcohol ha hablado por nosotros. ¿Qué sugerís Vos?

- Respondedme primero a una pregunta. ¿Que se os ocurre que van a hacer ellos?

- Lo normal es que se emparejen con nosotros para abordarnos. Una vez dentro de nuestro barco, la lucha será cuerpo a cuerpo, y tienen fama de ser fieros y sanguinarios.

- Entonces, habrá que intentar que no nos encimen. Podríamos repartir a la marinería a lo largo del costado de babor, con una pequeña reserva en el de estribor. Desde el puente, mermar sus fuerzas, y luego, en el combate, sacarlos del barco a espada.

- Si me hacéis el favor. Dirigir Vos a mis hombres.

- Como deseéis.

El capitán se giró a cubierta y viendo al contramaestre, le gritó.

- ¡Filippo! ¡El Señor Iñigo se hará cargo de la defensa del barco! ¡Obedecerle en lo que diga!

- ¡Sí, mi capitán! ¿Mi Señor, que queréis que hagamos?

- Distribuye tus hombres a lo largo de la borda de babor, en tres grupos a la altura de los palos. Que algunos hombres bajen a la sentina, y suban toneletes de aceite y los dejen junto a la borda a lo largo del costado. Separa a diez hombres, y colócalos en el costado de estribor. Será nuestra reserva contigo al mando. Por último, manda un par de hombres a las jarcias de babor. Si los piratas lanzan cabos para engancharse a nosotros, que corten las cuerdas o hachas o cuchillos. - Me miró - Fernando, baja a la bodega y coge tu arco. Harás falta aquí - Volvió a dirigirse al contramaestre - Que dejen un barrilete aquí, junto a la borda del castillo, con un poco de estopa. - Miró al capitán - Hay que encender el fanal.

Durante esos minutos, la embarcación pirata se había hecho más grande sobre el horizonte, afilada y ligera, parecía un pez grande que, con su aleta dorsal levantada, enfilaba hacia nosotros a gran velocidad.

Sobre cubierta, podía verse como se arracimaban una colección variopinta de sujetos. Junto a un grupo de barbudos y curtidos isleños, de brazos fuertes y cuerpos fibrosos, vociferaban un par de individuos, con la piel negra brillante como el ébano pulido. Las armas que agitaban eran en su mayoría, espadas, cuchillos y hachas. Algunos de ellos, junto a la borda, iban armados con bicheros y con cuerdas que llevaban atadas en sus extremos, garfios en cruz.

Nuestro vigía volvió a gritar.

- ¡Otra vela por la aleta de babor!

- ¡Quieren cogernos en medio, en una maniobra de tenaza! - El capitán miró a Iñigo. - Probablemente, el primer barco se dio a ver, y cuando hicimos nuestras maniobras para evitarlos, comunicaron a sus compañeros, para que puedan abarloarnos por el lado de estribor, mientras ellos lo hacen por el de babor.

- Pues lo evitaremos en lo posible. ¡Filippo, mandar poner un par de bicheros y hachas en la cubierta, junto a la borda!

- ¡Sí, mi Señor! ¡Vosotros, moveros deprisa! ¡Van a llegar en seguida! ¡Aprestaos a luchar por vuestras vidas!

Por mi parte, me coloqué en la borda de babor del castillo de popa. Coloqué una flecha en la cuerda y esperé.

La tripulación pirata gritaba desaforadamente. Sobre la cubierta, el que parecía el contramaestre era un individuo enorme, de casi siete pies, con una gran musculatura, que enervaba a sus hombres insultándolos.

- ¡A ver perros, si lo hacéis bien! ¡Quiero que terminéis con todos! ¡Allí nos esperan riquezas, vamos chacales, aullad!

Sobre el castillo de popa y junto al timonel, su capitán, daba indicaciones para aproximar la embarcación a nosotros. Delgado y no muy alto, con barba rala y un ligero bigote, no parecía gran cosa. Sin embargo, el fuego de sus ojos, una mirada feroz y salvaje daba muestra de lo peligroso que podía ser. Sus ojos, negros como el carbón, estaban obsesivamente fijados en nuestro barco. Una ligera sonrisa cruel, me decía que no podríamos esperar compasión si perdíamos.

Con un ágil golpe de timón el barco se situó paralelo a nosotros, preparándose para abarloarse ayudado por las olas. Pude ver con el rabillo del ojo como un marinero, volteaba una cuerda en cuya punta un garfio de cuatro puntas, girando cada vez más rápido para lanzarlo contra nuestra borda y comenzar a asegurar los barcos. Apunté con el arco y solté la cuerda. La flecha salió disparada, impactando con fuerza en el pecho del marino que, por la fuerza del impacto, cayó hacía atrás con las manos en el pecho, soltando la cuerda que voló sin dirección.

Volví a alimentar la cuerda y esta vez, apunté con cuidado al capitán. Disparé, y acerté en su hombre derecho, lo que le hizo soltar la espada que asía. Alimenté rápidamente con una segunda flecha el arco y lancé de nuevo, buscando el tronco. El capitán recibió el flechazo en medio del pecho. Con semblante pálido, se derrumbó sobre la cubierta, mientras la sangre se extendía por su castillo.

Con los dos barcos en paralelos, los piratas comenzaron a lanzar cabos y a enganchar con los bicheros la borda de nuestro barco para unir los dos. Algunos de ellos intentaban fijar las cuerdas en los anclajes para estabilizar los dos navíos.

Nuestros hombres se batían bien, golpeando con sus espadas y hachas a los piratas que querían saltar a cubierta. Desde las jarcias, ya habían cortado un par de cuerdas que habían enganchado piratas que querían columpiarse para caer en medio de la cubierta.

De pronto, el contramaestre pirata llegó a nuestra cubierta. Dos marineros le atacaron armados con cuchillos. De un golpe de revés, envío al primero volando hasta que chocó con el palo mayor, quedando a sus pies inconsciente.

El segundo golpeó el pectoral con su arma, pero el pirata ni se inmutó. De un hachazo, casi le cercenó el brazo armado. Con un grito de dolor, el marino se retiró desangrándose hasta caer en medio de un charco de sangre sobre cubierta.

- ¡Vamos, perros! ¡Terminad con ellos! - El contramaestre arengaba insultando a sus hombres.

Iñigo, se dio cuenta en seguida, de que el peligro provenía de ese hombre. Terminando con el pirata al que se enfrentaba de un tajo en el abdomen, se fue a por él.

- ¡Tú, bellaco! ¡Fuera del barco!

El contramaestre le miro, y una sonrisa alevosamente se dibujó en su cara. - Pero si es todo un hombre que quiere pelear. ¡Venid, si os atrevéis! - Y se dirigió hacia él.

El choque se produjo en la mitad del barco, junto al palo mayo. El pirata lanzó un tremendo golpee de hacha, de arriba abajo que hubiera partido en dos a cualquier que no fuera tan ágil como Iñigo. Aprovechando su ligereza, con un paso lateral eludió la hoja por unos centímetros y, aprovechando la inercia que llevaba, giró sobre sí mismo para librando al pirata situarse a su espalda, desde donde soltó un tajo con su espada que alcanzó al pirata de lleno, cortando tela, piel y músculos.

Con un aullido de dolor, el contramaestre se arqueó y se tocó la espalda. Cuando miró su mano llena de sangre, se volvió furioso a Iñigo, y le señaló.

- Te Voy a partir en dos! ¡Te matare!

Arremetió con fuerza y soltó el brazo en sentido horizontal. Iñigo vio venir el movimiento del hacha y se echó atrás agachándose, pasando la hoja por arriba de él, clavándose con un fuerte chasquido en el palo mayor. El pirata intentó desclavar el hacha, pero la hoja se había incrustado hondamente en la madera. Iñigo por su parte, incorporándose, se lanzó contra él, y lo derribó con dos certeros tajos. El pirata, sangrando por las heridas de la espalda y el pecho, fue reculando, buscando a su alrededor un arma con la que defenderse. Encontró una cimitarra y la asió con fuerza.

Aretxaga no perdió la iniciativa, golpeando de izquierdas y de derechas, fue acorralando al pirata que no era tan ducho con la espada. Tras parar un golpe sobre su brazo, bajo la guardia, lo que permitió a Iñigo, ensartarlo con un ataque directo. Con la hoja clavada en el estómago, el pirata se fue deslizando sobre la borda, quedando apoyado en esta, mientras la vida se le escapaba. Iñigo, se acercó, puso su bota sobre el pecho y extrajo la hoja. Con un estertor, el contramaestre murió. Girándose hacía sus hombres, gritó:

- ¡Ahora, amigos! ¡Empujadlos contra su barco! ¡Dios lo quiere!

Al oír el grito de guerra del caballero, los marineros redoblaron esfuerzos para expulsar a los piratas de su barco. o habían pasado ni quince minutos desde que comenzó el combate, y el segundo bajel pirata se aproximaba por la aleta de estribor.

- ¡Vosotros! - Iñigo señaló a tres marinos. - ¡Partir las tapas de los barriletes y lanzadlos a la cubierta del otro barco, Que caigan en todo el costado! ¿Tú y tú? ¡Coged dos hachas y partir todas las cuerdas que nos sujetan a su barco! - Me buscó con la mirada en el castillo de popa - ¡Fernando!, prepara una incendiaria y, cuando te lo diga, dispara a la cubierta, ¡junto a su palo mayor!

Cogí una flecha y puse en su punta un buen pedazo de estopa. Rompí el barrilete que dejé junto a mí, y moje la flecha estopada en el aceite, dejando que se impregnara bien. Puse la flecha en la cuerda y esperé la orden de Iñigo.

Los marineros cortaban las cuerdas que nos unían con certeros movimientos de hacha. Algunos más que vieron la maniobra, dejaron el arma y cogieron los bicheros para apoyarlos en la barandilla del barco pirata. El resto de la tripulación seguía combatiendo con los piratas que seguían en nuestro barco, y protegían a los desarmados.

Cuando Iñigo observó que los barriles se habían partido sobre la cubierta enemiga, desparramando su contenido sobre esta, y que las cuerdas estaban cortadas, gritó:

- ¡Marineros! ¡Empujad fuerte con los bicheros! ¡Separad los barcos! - Me miró - ¡Fernando, lanza!

Acerqué la punta de la flecha al fanal, encendí la estopa, apunté con cuidado y tensé el arco. Solté, y pude ver como la flecha se clavaba con un ruido seco en la cubierta, delante del palo mayor. Saqué de la alijaba otra flecha, la preparé rápidamente y volví a lanzar, esta vez cerca del palo de trinquete. Una tercera flecha salió disparada hacía el castillo de popa. Por último, lancé una cuarta flecha al velamen del palo mayor.

Por su parte, los marineros habían unido esfuerzos para separar los barcos. Los piratas que quedaban en nuestra cubierta huían y saltaban por la borda, buscando ponerse a salvo. Pronto, el barco pirata ardía por todos los lados.

La reserva de estribor al mando del contramaestre avisó del acercamiento del segundo barco. Los marineros que habían participado en el combate, sin dar muestras de fatiga, se unieron a ellos en el costado de estribor vociferando contra el bajel que se acercaba.

Coloqué una flecha estopada en el arco, le prendí fuego y acercándome a la aleta de estribor, apunté con cuidado. La distancia era grande, pero había hecho blanco a distancias superiores, tanto en Larzac como en San Juan de Acre. Levanté el brazo del arco buscando la angulación correcta, y tensé la cuerda hasta que estuvo junto a mi ojo. Controlé la respiración y solté.

La flecha salió describiendo un arco en el cielo. Fue volando hasta alcanzar una de las velas del palo mayor. El fuego prendió y pude ver como los marineros trepaban por las jarcias para cortar anclajes y poleas, y desprender el trozo ardiendo. Preparé una segunda flecha que alcanzó la proa, junto al bauprés.

Viendo perdida la sorpresa y lo que les habían sucedido a sus compañeros de fechorías, los piratas decidieron que el coste de su abordaje iba a ser muy caro en vidas, las suyas, y cobardemente, con un golpe de timón, se desviaron de su rumbo y se alejaron de nosotros.

Los marineros estallaron en júbilo abrazándose unos a otros. El capitán, herido en varios lugares por los que sangraba ligeramente, nos miró sonriente exclamando:

- Mis Señores, os debemos la vida. Gracias a vosotros nuestras familias no lloraran nuestras muertes.

- Gracias a Vos, capitán, por confiar en nosotros. Ahora, debemos atender a los heridos y tratar adecuadamente a los que han pedido su vida por proteger el barco.

- Así debe ser, y así será. Nos acercaremos a la costa para fondear y cuidar nuestras heridas.

Nos miramos en silencio. Habíamos incumplido nuestra regla de no combatir contra cristianos, pero éramos conscientes de que, sin ese incumplimiento, ni estos buenos hombres se hubieran salvado, ni hubiéramos podido cumplir nuestra misión. Sin hablar, bajamos a atender a los heridos.

VEINTE

El combate no había durado más de una hora, pero había sido tal su intensidad que, exhaustos, nos apoyamos en la barandilla mientras recuperábamos nuestras fuerzas. Nuestro capitán, maniobraba diligentemente para apartar el buque del navío pirata. Este, ardía por los cuatro costados. Sus velas habían desaparecido, y el maderamen mostraba distintos puntos de ignición. De repente, dos explosiones precedieron a una tercera, inmensa, cuando explotó la santabárbara del bajel. El barco se partió en dos, lanzando a su alrededor, como proyectiles de cañón, esquirlas de madera y fragmentos de metal. Tal parecía que el barco, en su último servicio a los piratas, nos lanzaba una andanada con el propósito de terminar con nosotros.

Viendo cómo se hundía el navío, nos reunimos en la cubierta el capitán, el contramaestre, Iñigo y yo.

- ¡Filippo! Quiero que elijas dos hombres para que tiren los cadáveres de los piratas por la borda. ¡Que sirvan de alimento a los peces! Luego encárgate de ver cómo están los hombres y que ayuda precisan.

- Capitán - interrumpí, deseoso de colaborar - Mi amigo, Iñigo entiende de hierbas curativas. Si os place, podría ver a los heridos y ayudarles. - Crisóforo miró a Iñigo y le dijo:

- Mi Señor Iñigo. Mucho tengo que agradeceros ya, pero si pudierais ayudarnos un poco más. Podríais ver cómo están mis hombres, y ver si podéis hacer algo por ellos.

- Por supuesto, capitán. Estamos a vuestra disposición. Seleccionar a dos hombres para que me ayuden, y me pondré presto a ello.

- Filippo, encárgate de buscárselos. Los demás, nos pondremos a reparar los daños producidos en lo que podamos.

Filippo dio un par de voces, y dos marineros que estaban sentados sobre gruesas maromas, se levantaron y se acercaron a nosotros.

- ¡Vosotros dos! ¡Ayudaréis al Señor Iñigo con lo que os pida! - Los marinos asintieron. Iñigo, que había abandonado la cubierta, volvió del plan, portando sobre su hombro su bolsa de medicinas. Les puso una mano en el hombro a cada uno de los marineros, y los animó:

- Vamos a ello, hombres.

Al cabo de un rato, volvió Filippo con las novedades. El capitán y yo nos encontrábamos en la cubierta de popa. Este, daba órdenes al timonel para que mantuviera el rumbo sur. También el vigía había sido avisado que otease por si el segundo barco volvía a intentar atacarnos.

- Capitán. Tenemos siete marinos muertos. Tres más, están malheridos, y el Señor Iñigo dice que hay que esperar a mañana para ver si sobrevivirán. Los demás presentan heridas por cortes, rasguños y algún tajo profundo, que requerirán atención, pero su vida no peligra.

- De acuerdo, Filippo. Lo has hecho bien. Reparte una medida de ron a la tripulación. Se la han ganado. Mañana a primera hora, daremos sepultura a los nuestros conforme a la ley del mar.

- Capitán - intervine - Pienso que, a los heridos graves, igual convendría bajarlos a tierra, donde seguro que serán mejor atendidos. Nuestros recursos a bordo son escasos, y as hierbas de Iñigo no podrán hacer mucho más que calmar el dolor.

- Cierto es. Ya tengo pensado donde iremos mañana. Lo primero es lo primero. Ahora, comeremos todos juntos e intentaremos descansar.

El sol aparecía por el horizonte, un pequeño arco de un amarillo radiante, que expulsaba de su alrededor la oscuridad de la noche, y tornaba el color del cielo que viraba a un azul atornasolado.

La tripulación estaba en cubierta, en silencio, mostrando en sus caras, el dolor que les suponía la pérdida de sus compañeros. La noche anterior, uno de los heridos murió, subiendo a ocho las pérdidas que el barco había sufrido. Algunos marineros, los más allegados a los muertos, habían envuelto los cuerpos de estos, en lienzos blancos con los que los habían cubierto, cerrando bien sus pliegues. Dispuestos sobre listones de madera, estaban los ocho cadáveres alineados en paralelo frente al costado de estribor del barco.

El capitán pidió a Iñigo que dijera unas palabras. Este, recordó la bondad del alma de los seres buenos, como habían sido los muertos, y aseguró a sus compañeros que su recuerdo perviviría en ellos. A continuación, a una orden del contramaestre, cuatro marineros se colocaron, dos a cada lado junto a uno de los listones. Levantándolo, lo acercaron a la barandilla apoyando el listón en ella. A una orden del capitán, levantaron la parte de atrás, con lo que el cuerpo se deslizó por la tabla hasta el mar, donde se sumergió. Repitieron la maniobra otras seis veces más, mientras el resto de la marinería miraba emocionada los cuerpos de sus compañeros caídos en combate.

Al terminar, el capitán dijo:

- Compañeros, hoy habríamos lanzado por la borda a muchos amigos más, si no hubieran estado con nosotros nuestros invitados. Recemos por los ausentes y demos gracias a Dios por poder seguir en este mundo.

Los marineros nos miraron agradecidos. Uno de ellos, se agachó y sacó una barrica de entre unos fardos. Abriéndola, metió una jarra de peltre y la sacó llena de cerveza fuerte.

- bebed con nosotros, Señores. A fe que os estamos agradecidos.

-Y nosotros de haber podido compartir el viaje con vosotros. ¡Salud!

Después de beber Iñigo, fueron apareciendo jarras y pronto, todos teníamos una en la mano. Brindamos un par de veces, hasta que el capitán exclamó:

- Tripulación. Ahora nos debemos a los vivos. debemos avanzar para atracar y desembarcarlos pronto. ¡A las jarcias! ¡Soltad velas! ¡Timonel, rumbo Sursuroeste!

Los marineros se dirigieron a sus puestos. Nosotros, subimos al castillo de popa y, apoyados en la barandilla, observamos el horizonte. Estábamos intrigados por saber dónde nos llevaba el capitán

Pasado el mediodía, fondeamos en una bahía, frente al impresionante castillo de Miravet. Al ver el lugar, Iñigo reconoció la estructura por haber estado allí en otras ocasiones para cumplir órdenes de la Orden. La imponente estructura se erigía sobre una montaña de más de trescientos pies de altura. severamente construida, se protegía de manera natural por el mar y las montañas. La torre del homenaje sobresalía de entre sus muros. A sus pies, desparramándose por la ladera hasta el mar, las casas de los pescadores daban una imagen más benévola del conjunto. Las casitas blancas, unas junto a las otras se veían decoradas por plantas y apuntes de color allí donde mirase. En la arena, junto a las barcas de pesca, las mujeres reparaban las redes hablando y riendo entre ellas. Los niños jugaban en el agua, empujándose y tirándose al mar para luego, salir chorreando agua y agitarse mojando a las gentes a su alrededor.

- Os veo triste, Iñigo - le mire a los ojos. Su expresión se había nublado, como si algo en su interior se hubiera roto.

- Este castillo, Fernando, se construyó remedando en parte la fortaleza de San Juan de Acre, que tan tristemente abandonamos hace algún tiempo - Me miró y continuó - Tal y como están las cosas, me pregunto cuanto tiempo seguiremos viendo ondear el gonfanon baussant* sobre la torre.

---

* La bandera de la Orden del Temple se llamaba gonfanon baussant, que significa dos tonos. Tenía varias grafias: Baussant, baucent o balcent.. Es un rectángulo vertical formado por dos bandas, una blanca y otra negra, cortadas en el tercio superior.

Saliendo de su ensimismamiento, observaron como del costado del barco, descendían dos barcazas que transportarían a los heridos a la playa. El capitán, sobre una de ellas, guiaba las maniobras para posarse sobre el agua.

Cuando acabaron, descendieron mediante cuerdas a los heridos y los colocaron, dos a dos en cada barca. Luego, remaron hasta la orilla, donde los pescadores que quedaban en el pueblo y las mujeres ya estaban observando la maniobra, comentando entre ellos.

Permanecimos en cubierta observando como el capitán explicaba a los lugareños lo que había sucedido, pidiendo ayuda para sus compañeros. Tras muchos gestos por ambas partes, entendimos por los apretones de brazo que se había llegado a un buen acuerdo.

Una de las barcazas volvió con el capitán. Comentó:

- Al final, acogerán a los heridos. Las monedas que nos habéis dado, mi Señor, han servido para ablandar los corazones de esta gente. Nos habéis vuelto a ayudar. - Iñigo le miraba con semblante serio, dejándole hablar. El capitán siguió - No he olvidado lo comprometido en Lauriè. He mandado a mis hombres a comprar provisiones y a llenar los barriles de agua. Cuando embarquen, levaremos ancla y nos dirigiremos a la fortaleza de Peñíscola.

- Gracias, mi buen Crisóforo. Necesitamos, en verdad, arribar cuanto antes. La misión que allí nos lleva no puede demorarse más de lo imprescindible.

El capitán asintió, y con un gesto de la mano se despidió encaminándose hacía la proa mientras daba órdenes a los marineros para que acelerasen las reparaciones.

Miré a Iñigo que seguía taciturno, con el semblante ensombrecido. - Amigo mío, ¿Qué te preocupa? Pronto iniciaremos viaje de nuevo y cumpliremos los deseos del Gran Maestre.

- Tengo un mal presentimiento, Fernando. - Me miró preocupado - Lo que nos dijo el sargento me da a pensar. Maxim de Montfort escapó, y tiene recursos para perseguirnos. Siempre tuvo fama de altanero, y no le era fácil cumplir con nuestros votos. A decir verdad, no sé cómo pudo ser admitido en la orden. Imagino que el apellido familiar pesó en la decisión del capítulo en su momento.

- Pero no sabe dónde estamos. Huyó tras la emboscada. - Razoné para tranquilizarlo - Y aun siguiéndonos, nos habrá perdido la pista en Lauriè.

- No sé, Fernando, No sé. Montfort tiene muchos conocidos y gentes de mal vivir a los que recurrir. No dudo de la tripulación, pero puede haberse enterado de nuestro destino.

- Pues bien, Iñigo. Si ese fuera el caso, le haríamos frente como hemos hecho antes, y le derrotaremos.

- Dios nos mostrará cuál será nuestro destino. - Sentenció con pesadumbre. Me palmeó la espalda y dijo - Voy a retirarme a descansar un rato. Luego repasamos lo que vamos a hacer al llegar. - Y con esas palabras descendió por las escaleras y bajó al interior de la nave.

Quedé cabizbajo y meditando. Aspiré hondo y pensé para mí. - Pues si tenemos que pelear, ¡Sea!

VEINTIUNO

Despedimos Miravet al segundo día. Las bodegas estaban cargadas con abundante fruta y verduras que los lugareños nos habían vendido. Las barricas, llenas de agua, aseguraban un viaje sin racionamientos. El tiempo acompañaba con un ligero viento proveniente del norte, que llenaba el velamen e impulsaba la embarcación. El sol brillaba, y las escasas nubes que flotaban sobre nosotros, propiciaban momentos de sombra que aligeraba el calor que hacía durante la travesía.

Desde la conversación que tuvimos cuando permanecimos fondeados, Iñigo se mantenía en un silencio poco habitual en él. salvo cuando repasábamos el plan, y valorábamos pros y contras de dónde dejar las pistas que pudieran llevar a nuestros hermanos a encontrar algún día la reliquia, él se mantenía separado del resto de la tripulación. había tomado la costumbre de sentarse en la proa, junto al trinquete, y allí permanecía las jornadas mirando el horizonte, como esperando ver aparecer algo en el mismo, algo que sólo él conocía.

dos días más tarde, el capitán se me acercó.

- Mi señor Fernando, estoy preocupado por vuestro amigo. ¿Se encuentra bien? ¿Hemos hecho algo mal?

- No, amigo Crisóforo. Sólo está pensando en los asuntos que nos traen a estas tierras, Hay mucho que hacer y decidir, y no podemos fallar. - Miré l capitán y continué - Por cierto, capitán. Recordad que la tripulación no debe hablar sobre nosotros nunca.

- No os preocupéis. Hablé con todos cuando fondeamos y les insistí en la cuestión. Nadie dirá nada de Vos ni de vuestro amigo.

- Gracias, capitán.

- Venía además a comunicaros que de seguir el tiempo así, llegaremos mañana a las costas de Peñíscola.

- Muy bien. Se lo diré al Señor Iñigo.

Con esas buenas noticias, me dirigí a la proa para decirle a Iñigo que, al día siguiente, desembarcaríamos. Nuestro viaje continuaba, ahora por tierra. Pronto habríamos conseguido nuestro objetivo.

La fortaleza de Peñíscola destacaba sobe un alto peñón frente al mar. Rocas de corte abrupto impedían su asalto desde el agua. Entre los riscos, crecían los árboles procurando zonas de sombra a su alrededor. Un tómbolo de arena unía a la península con la isla donde se asentaba la estructura y llevaba a las puertas mismas del castillo en un sendero ascendente, lo que lo hacía más fácilmente defendible, por cuanto la pleamar anegaba la lengua de tierra e imposibilitaba el acceso a la fortaleza. El pueblo iba creciendo bajo la sombra de los muros que iban construyéndose.

El castillo, emplazado sobre una antigua alcazaba árabe, mostraba los principios de lo que iba a ser una poderosa torre del homenaje, alrededor de la cual, se iban a erigir un entramado de torres conectadas mediante adarves, formando en su conjunto una fortaleza claramente militar.

desde el barco, podíamos ver como los obreros cincelaban las piedras, mientras otros grupos las cargaban mediante palancas y rodillos de madera, para trasladarlas a la base de la muralla, donde mediante sistemas de cuerdas y poleas, iban izándolas para colocarlas en su sitio.

Aquí y allá, se veía a algún trabajador más viejo, que, con un pergamino en la mano, daba voces a los trabajadores para que siguieran sus indicaciones. Los maestros canteros de la orden tenían fama de escrupulosos y buenos constructores, y por lo visto desde el barco, hacían honor a su fama.

Fuimos conducidos a tierra tras arriar la barcaza. El capitán nos acompañó para presentarnos a unos conocidos, por si necesitásemos alguna cosa. Mientras un marinero amarraba la sirga a una estaca del muelle, desembarcamos y nos despedimos de Crisóforo.

- Gracias por todo, capitán. Cuidaros y tened buena andadura.

- Gracias a Vos, mis Señores. Sin su ayuda, no estaríamos aquí. Si necesitáis algo, preguntar en el mercado por Alcander, es compatriota mío, y os ayudará.

Nos dimos la vuelta y nos encaminamos al pueblo. Al terminar la pasarela, atravesamos el muelle, lleno de barriles, redes y cestas de pescado, y tras pasar entre dos casas bajas encaladas, llegamos a una plaza cuadrada que tenía en el centro, un pequeño parterre con dos enormes palmeras que ofrecían sombra y frescor a quienes se encontraban bajo su copa.

Era día de mercado, y la plaza mostraba un aspecto colorista y alegre que, por unos momentos, nos hizo olvidar los malos ratos pasados hasta nuestra llegada. Los tenderetes se acumulaban. Junto a jaimas con coberturas de distintos colores, ocupaban su sitio puesto abiertos en los que los mercaderes vendían a grandes gritos sus géneros. Un comerciante en su puesto ofrecía a los lugareños, escudillas, cuencos, ollas y cacerolas, hechas de barro, madera o peltre. Al lado de este, una jaima permitía ver en su interior, caballetes sobre los cuales se exponían retales de tejido, trapos, y en una esquina, especias y perfumes. Siguiendo con la mirada alrededor de la plaza, pudimos observar también puestos de comida, donde coexistían carnes, pescados, frutos secos y hogazas de pan. La algarabía, producto de la mezcla de los gritos, hacía difícil entenderse conversando. Por donde se mirase, los lugareños regateaban, compraban y discutían los precios y la calidad de los productos. Una gran jaima abierta tenía dentro varias mesas bajas, con almohadones a su alrededor donde sentarse. En un lateral, dos jóvenes y un viejo atendían a los parroquianos ofreciendo té o bebidas más espirituosas.

De pronto Iñigo se paró tocándome el codo. Su mirada se había fijado en un monje que estaba regateando el precio de unas ollas con el tendero. Mi amigo se acercó despacio, y cuando se encontró detrás del fraile, le espetó quedamente:

- No conocía yo que los caballeros llevaran sobrevestas de tan mala calidad y color. Más parecéis un pordiosero que un hombre de bien.

- ¡Voto a … ¡- El fraile se giraba indignado cuando vio a Iñigo, y se quedó sin poder articular palabra, con la mandíbula colgando y mirada asombrada - Per…, Yo pensaba que …, ¡Si sois Vos, Iñigo, amigo mío!

El fraile abrazó a Iñigo con un abrazo de oso con sus descomunales brazos, y lo levantó un palmo del suelo. Iñigo comenzó a reír estruendosamente.

- ¡Mi buen Cosme, me vas a partir por la mitad! ¡Bajadme, por Dios, dejadme respirar!

El fraile lo bajo con un bufido, y le palmeó con fuerza el pecho.

- No os he atizado de milagro. ¡No se puede insultar a los siervos de Dios sin esperar un castigo!

Iñigo lo miraba sonriendo. Posando una mano en el hombro, me adelantó y enfrentó al fraile.

- Mi buen Cosme, te quiero presentar a mi buen amigo, Fernando de Arienzo, hermano en la Orden. Fernando, este monje de aquí, es el caballero más valiente con el que he combatido, y nunca hubiera pensado que lo vería vestido con hábitos.

- Eso es, amigo mío – respondió Cosme – por qué no nos hemos visto hace muchos años. Desde que volvimos de aquella cruzada en tierra santa, me sumergí en la Fe de Dios plenamente, y tras solicitar del Gran Maestre su permiso, profesé mis votos en la Iglesia. Ahora, mi vida transcurre como capellán de la Orden. Como recordarás, nací en estas tierras, y después de la guerra y tras haber vestido los hábitos, solicité ser enviado de nuevo aquí, donde puedo estar cerca también de la familia que me queda. Aquí está también, de comandante de la Plaza, el caballero Ambrossio Della Fortezza, con el que coincidimos en Paris en otra época.

- Le recuerdo como un hombre de bien, cumplidor de los votos, y fiero en combate.

- Ese es. – Cosme sonrió – Vamos a comer algo, y luego os acompaño para que le saludéis.

Nos introdujimos en la jaima, y nos sentamos sobre los cojines. Levantando la mano, el fraile gritó a una de las doncellas:

- ¡Traed una jarra de buen vino, y algo de queso y pan! ¡Mis amigos están sedientos y hambrientos!

Comieron recordando anécdotas de sus aventuras en Jerusalén y Haifa. El encuentro había resultado beneficioso para Iñigo, pues las continuas pullas que le mandaba el fraile eran respondidas con una sonrisa y una respuesta picante y fresca. Hacía tiempo que no veía a mi amigo disfrutar, y pensé que quizás deberíamos quedarnos unos días para retomar fuerzas y apaciguar el ánimo de mi camarada. Después de finalizar comiendo unos dátiles, nos incorporamos y saliendo de la tienda, nos encaminamos atravesando por unas de las callejuelas que desembocaban en la plaza, hacía la subida al castillo. Diez minutos después, salíamos a las afueras del pueblo, cruzando por la arena, comenzamos la subida al peñón, a través de un sendero de tierra entre árboles. Al llegar al portalón, fray Cosme voceó al guardia de la entrada, y nos abrieron paso.

Los obreros seguían trabajando sin descanso, tal y como pudimos apreciar desde el barco, La explanada interior del castillo estaba a medio hacer. En algunas partes, se habían colocado grandes losas que daban forma al que sería el suelo del recinto. El muro, se iba conformando conforme los picapedreros situaban las piedras en su sitio, y las terminaban de desbastar con sus cinceles y martillos. Por aquí y por allá, el ajetreo mostraba una disposición a finalizar las obras en el menor tiempo posible. El monje paró a un guardia y le preguntó por el comandante,

- Está en el sótano, hermano.

- Gracias. Id con Dios. – Agradeció la información recibida, y se dirigió a unos escalones que se abrían al fondo del recinto. Mirándonos, nos espetó: - Seguidme. Os gustará lo que os voy a mostrar.

Bajamos una serie de escalones siguiendo al monje, que había cogido una tea de junto a los escalones y la había prendido. Al llegar abajo, nos encontramos con una sala abovedada con arco de medio punto, de más de nueve pies de altura.

- Encontramos que las rocas habían creado una especie de gruta natural. Aprovechamos tal circunstancia para cincelar y modelar la gruta, bajando el suelo de esta, y hemos terminado el habitáculo antes incluso que la muralla haya cogido cierta altura. Esta sala será nuestra capilla, donde nos recibiremos en capitulo. Los suelos están acabados, y nuestros canteros han grabado en la piedra, los símbolos de nuestra hermandad. ¡Fijaos!

Acercó la llama al suelo, y vimos como algunas de las losas mostraban el Sigillum de la Orden. En las paredes, cada pocos pasos, una cruz patada nos recordaba quienes ocuparían el lugar en las ceremonias. Al fondo, un pequeño altar ocupaba el centro de la zona. Detrás de él, una imagen de la Virgen llenaba la hornacina dispuesta al efecto. Delante del altar, en el suelo, la silueta del templo del rey Salomón en Jerusalén aparecía grabada en una losa rectangular.

- El Gran maestre ha querido que nuestro capítulo recoja los elementos más representativos de la Hermandad. – Señalo fray Cosme.

- Y se ha conseguido. – Corroboró Iñigo – el lugar da sensación de paz y sosiego.

Asintiendo, el fraile terminó de mostrarles el lugar. - Si os parece, Iñigo, vayamos a buscar al hermano Ambrossio.

Salieron del subsuelo, y cegados momentáneamente por el sol que calentaba el patio, se encaminaron a la torre del homenaje, a buscar al comandante.

VEINTIDOS

Encontraron a Ambrossio Della Fortezza frente a una mesa con los planos del castillo, rodeado de otros caballeros y de los maestros constructores. Levantó la vista de los planos al oír pisadas, y al vernos exclamó:

- ¡Santa Madonna! ¡Iñigo, amigo mío! ¡Bienvenidos!

Iñigo sonrió y se fundió en un afectuoso abrazo con el templario.

- Amigo mío, me alegro mucho de veros bien. No os hacía por estos lares. - Me miró enarcando la ceja. - Me encomendaron la construcción de la fortaleza, para mejor protección de los cristianos ante la cercanía de las taifas moras. Hermano, estaba revisando con los maestros canteros unos planos importantes. ¿Querréis comer conmigo después, cuando termine esta reunión? Fray Cosme os acompañará y enseñará lo que hemos hecho hasta ahora.

- Sea así, Ambrossio. Antes, quiero presentarte a nuestro hermano, Fernando de Arienzo. Combatimos juntos en Tierra

Santa. - El caballero me saludó con un apretón de antebrazo. - Iñigo continuó - Os dejamos trabajar tranquilos.

Dándose la vuelta, se dirigieron a la salida de la torre. Fuera, Cosme les comenzó a explicar:

- Como bien habréis observado, el castillo tendrá una estructura parecida a los que construimos en tierra Santa. También conserva un cierto parecido al castillo de Miravet, que se erigió al norte de aquí. ¿Lo conocéis?

- No. - Iñigo me miró, y continuó - Hemos venido en barco desde Lauriè, y aún nos queda camino que recorrer. No querríamos demorarnos más de lo necesario.

- Pues veámoslo, y luego nos reuniremos con Ambrossio. Se eligió el peñasco por su elevación y situación respecto a la costa. El tómbolo que lo une a la villa desaparece en marea alta, lo que lo hace más inaccesible a un ataque. La costa lo protege de un ataque por mar, y el acceso a los invasores quedaría muy limitado en espacio, por lo que nos sería más fácil defendernos. Contando con la altura del peñón, esperamos que tenga una altura de casi doscientos pies, con, por lo menos, sesenta pies de muralla.

La única entrada, franqueada por tos torreones, protegerá bien el acceso al interior. Sobre la puerta, se esculpirán la cruz negra de nuestra Orden, los cardos que son el emblema del Maestre de la Orden, fray Berenguer de Cardona, y las fajas de Arnaldo de Banyuls, que es nuestro comendador. En el interior, el zaguán permitirá el acceso a las caballerizas y los establos, y también a la guardia del castillo.

Unas escaleras nos llevaran al patio de armas de la estructura, donde nos encontramos ahora, que se mantendrá abierto al mar en un gran balcón, con sus otros tres lados ocupados en la torre del homenaje que habéis visto, El resto del patio será el claustro donde podremos reunirnos. Esa construcción que veis a la izquierda será la iglesia. Si es posible, la iglesia se comunicará con los niveles inferiores donde hemos comenzado la visita. Allí podremos realizar los conclaves y las ceremonias de acogida en la Orden de nuevos hermanos. Ahora, de momento, la utilizamos como almacén y bodega.

Bien, amigos míos. Pienso que Ambrossio habrá terminado la reunión. Reunámonos con él, y comamos con los demás hermanos.

Se encaminaron a una sala, con los muros recién iniciados, ocupada con una gran mesa, en la que se encontraban sentados varios templarios que habían comenzado a comer, Della Fortezza al vernos, levantó la mano y la agitó para que nos acercáramos.

- Sentaos amigos. Iñigo, junto a mí. Contadme de vuestra vida. No os he visto desde hace largo tiempo.

- Venimos de Tierra Santa, como os dije, a fin de cumplir el encargo que nos hizo Guillaume de Beaujeu antes de morir en Acre. Nos dirigimos al reino de Murcia, y querríamos, si no os incomoda, descansar unos días, antes de emprender el camino de nuevo.

- Por supuesto. Hablaré con el comendador, pero cualquier hermano puede pernoctar en nuestras casas, si le es necesario.

Cosme, entre Iñigo y yo, comentó:

- Si os parece bien, como estáis muy atareado, les acercaré a la villa para enseñársela, y les mostraré donde pueden descansar.

- Bien pensado, Cosme. Nos vemos en los rezos de completas.

Terminaron de comer en silencio, y al acabar, se pusieron en pie tras Cosme, y después de despedirse, siguieron al fraile a la salida.

Cuando bajaban a la villa, dejando atrás la edificación, Cosme nos señaló una pequeña torre cuadrada, abierta por los cuatro costados. Dentro de la estructura se apreciaba el contorno de una campana.

- Es la iglesia de Santa María. Los lugareños no tienen cura, y me ofrecí a dar misa todas las tardes. Luego, podríamos acercarnos a la fonda a tomar una jarra de vino.

Atravesaron las calles estrechas de los arrabales de la villa, girando a derecha e izquierda, al cabo de unos minutos llegaron a una pequeña plaza. En ella, se ubicaba la iglesia, con su ladrillo encalado, de frontal estrecho, cerrada su acceso mediante una puerta de madera gruesa, que abría conocido tiempos mejores.

Acompañamos al fraile al interior, y le ayudamos a preparar el altar para el rito. Comenzaron a entrar los lugareños, en su mayoría mujeres, aunque algunos hombres hacían también acto de presencia, sentándose en una parte diferente de donde estaban las mujeres.

Nosotros nos sentamos en un lateral del altar, en un pequeño taburete. Desde allí, celebramos la eucaristía recogidos y en silencio.

Al terminar, tras recoger los utensilios de Cosme, salimos, cerramos la iglesia y nos encaminamos a la fonda. Al entrar, el contraste nos dejó un momento sin poder ver el interior. Cundo nuestros ojos se acostumbraron, pudimos ver como se ofrecían a nuestra vista, cuatro mesas con bancos a su alrededor. Un pequeño mostrador, ocupado por un tabernero flaco y de escaso pelo, atendía las peticiones de los clientes.

Nos sentamos en una mesa, y Cosme levantó un brazo para llamar la atención al tasquero. Al pronto, una moza se acercó solícita. El fraile le pidió las bebidas, y puso unas monedas sobre la mesa. La moza, las recogió y volvió a la barra.

- He oído Iñigo, que os vais a Murcia. ¿No estaréis en problemas, ¿verdad?

- No, amigo mío, no sufras. Sólo queremos descansar un par de días y emprender de nuevo el viaje. No os incomodaremos.

- Vos no molestáis nunca. Si os puede ayudar el algo, no dudéis en decirlo.

- Gracias Cosme. Ahora, bebamos y brindemos por nuestro encuentro.

Levantamos las jarras y bebimos en silencio. Media hora más tarde, Cosme señaló:

- Se hace tarde. Debemos ir a la fortaleza para llegar a Completas.

Se levantaron y salieron del local. Estaba atardeciendo y las sombras, comenzaban a introducirse entre las calles. Una ligera niebla proveniente del mar penetraba en el pueblo, disminuyendo la visibilidad. Dejando atrás las casas, subieron la rampa al castillo. Después de pasar la guardia de la puerta, descendieron por los escalones al habitáculo que nos había mostrado por la mañana. Allí, ya se encontraban tres caballeros, conversando quedamente. Tras nosotros, siguieron llegando otros templarios. El último en entrar en la estancia fue Ambrossio Della Fortezza. Al vernos, asintió imperceptiblemente y en voz alta, dijo:

- Arrodillémonos hermanos, y demos gracias a Dios, nuestro Señor.

Acabadas Completas, nos dirigimos al dormitorio. Cosme nos llevó a un lateral en el que habían montado dos pequeños catres.

- Aquí podréis descansar. No es mucho, pero ...

- No digas más, Cosme. Fernando y yo hemos dormido en sitios mucho peores. Os agradecemos vuestra amabilidad. Mañana continuaremos con nuestra conversación.

Y de esta forma, nos despedimos el fraile. Dejamos nuestros hatos debajo del jergón, y nos tumbamos en el mismo, tapándonos con una manta de viaje. Al día siguiente, intentaremos estar solos algún rato para poder preparar nuestro viaje.

VEINTITRÉS

Salíamos de Maitines, En el patio de armas, nos separamos de nuestros hermanos, y nos dirigimos a la balconada sobre el mar. Aún prevalecí a la oscuridad, y el mar se veía como una gran mancha de un azul oscuro, casi negro, con los reflejos plateados que la luna repartía sobre el oleaje. Su movimiento transmitía un refulgir como si una gran cota de malla se expandiese sobre el agua.

Decidimos que partiríamos como muy tarde, un par de días después. Le pregunté a Iñigo sobre la mentira dicha a sus amigos.

- Fernando, hermano, Sólo sé a ciencia cierta, que de alguna manera el señor de Montfort sabe de nuestras intenciones y pretende quitarnos la reliquia. Sabemos por el sargento que tiene muchos recursos, y también que no tiene remordimientos en incumplir los preceptos de nuestra Orden, y mandar a bellacos a matar a sus propios hermanos de la hermandad.

Aunque espero que no, puede haberse enterado cuando estuvimos en Lauriè, de que nuestro destino es Peñíscola. Si nos retrasamos, nos podría alcanzar. recuerda que el señorío de Montfort tiene su sede en el reino de Aragón, y la distancia hasta aquí no es larga. Tenemos que irnos y, si alguien pregunta por nosotros, siempre recibirá la misma respuesta, que nos dirigimos a Murcia. No me gusta mentir, y menos a mis hermanos, pero nuestra misión es importante, más que nuestras propias vidas, y no nos podemos fiar de nadie.

Tras repasar nuestros planes, y acudir de nuevo a los siguientes rezos, nos reunimos con Cosme, para ofrecernos a realizar tareas que precisasen de nuestra ayuda. Agradeciéndolo, Cosme nos llevó toda la mañana a distintas dependencias donde sumamos la fuerza de nuestros brazos a la de los picapedreros y demás hermanos, moviendo losas y preparando argamasa. Con tablones y cuerdas, construimos andamios para trabajar en las partes altas.

Horas más tarde, sudorosos y cansados, pero satisfechos por haber participado en la construcción de lo que ya presumía, sería una gran fortificación, nos aseamos y nos encaminamos al salón donde comimos todos juntos.

Después de comer, acompañamos a Cosme al pueblo, donde visitaba a los enfermos y heridos. sabedor del conocimiento que Iñigo tenía de hierbas curativas, y siendo él también aficionado en tales lides, pasaban las horas preparando ungüentos, pociones y cataplasmas.

Cuando terminaron la ronda, nos dirigimos a la iglesia. Cosme celebró misa y después, como si de una costumbre se tratase, nos llevó de nuevo a la fonda.

Así transcurrieron dos días más. Éramos conscientes de no poder demorar la partida, y así, al reunirnos con Cosme después de los rezos, se lo dijimos.

- Cosme, amigo. Debemos partir ya. Nuestra misión no admite más demora.

- Mucho lo voy a sentir. Os habéis convertido en parte de esto.

- Nosotros también echaremos de manos la fraternidad que nos hace sentirnos como en casa, pero nuestra encomienda es importante.

- Bien. No se hable más. Luego veremos a Ambrossio. Hoy, si os parece bien, podríais ayudarme con los enfermos y la misa. Quisiera invitaros a comer en la fonda para despedirnos.

- Nos parece bien. Vayamos pues a trabajar.

Pasamos la mañana trabajando como en días anteriores. Aunque el castillo sería una gran edificación, ya se podía apreciar los mimbres que lo convertirían en tal. Numerosas cuadrillas de obrero iban erigiendo muros en distintos sectores de la fortaleza. La torre del homenaje ya tenía la altura de tres hombres y los andamios se apoyaban sobre sus muros. Junto a ellos, un sistema de poleas y tablas levantaba los bloques de piedra y los giraban hasta ocupar su lugar.

Después de comer, nos encaminamos al pueblo. Atendimos a los enfermos, bastantes de los cuales, mostraban signos de mejoría. Alguno de ellos, lamentablemente, evolucionaba mal, y consolábamos a la familia, rezando con ellos para que el desdichado fuera recibido en la paz de Nuestro Señor.

Cuando terminamos la ronda, nos dirigimos a la iglesia. La tarde había empeorado, nubes grises se cernían sobre el poblado y amenazaban lluvia a no tardar mucho. El viento de levante comenzaba a meter la bruma que se empezaba a formar en el pueblo.

Acabada la misa, fuimos a la taberna y nos sentamos en la mesa. Cosme pidió además de la bebida, una escudilla de pescado.

- Aunque aquí no se coma mucha carne, salvo algo de caza, si tenemos la pesca del día. El pescado es un buen alimento, y puede comprobar en los enfermos que trato, que es nutritivo y bueno para su salud. Este pescado es típico de esta zona y seguro que no lo habéis comido nunca.

- Pues comeremos pescado, amigo mío. Seguro que nos gustará. Somos de buen conformar.

Comieron recordando anécdotas de cuando combatieron juntos. Yo, conocía aspectos de Cosme que difícilmente le hubiera sumido al verle con la vestimenta de fraile. Reímos y comimos durante un buen rato, tanto, que cuando salimos de la fonda vimos que se había hecho totalmente de noche.

Miramos asombrados el cambio que el tiempo había provocado en la villa. Apenas se podía ver más allá de unos pocos metros. Un aire frío me produjo escalofríos. Las antorchas, repartidas por la plaza, se veían rodeadas de un halo blanquecino, alumbrando sólo a poca distancia de su ubicación. Atravesamos en silencio la plaza y nos metimos entre las calles buscando el camino a la fortaleza.

Como cuando nos enfrentábamos al enemigo, instintivamente nos colocamos. Iñigo en cabeza, seguido de Cosme. Yo iba cerrando el grupo, y miraba por encima del hombro presintiendo que no nos encontrábamos solos. Después de un par de giros, nos adentramos en un callejón pobremente iluminado, dos antorchas, al principio y final de este, daban escasa luz a su interior. Cuando no habíamos andado ni diez metros, dos sombras cerraron el paso al final de la callejuela. Iñigo paró en seco y, con una mano en el puñal, echó a Cosme atrás con la otra mano para protegerlo. Al oír arrastrar pies, me giré y pude observar como otros dos hombres nos cerraban el camino por donde habíamos transitado.

El sitio era estrecho, y las espadas no nos serían de mucha utilidad. Como Iñigo, desenfundé mi puñal y me di la vuelta, encarándome con nuestros asaltantes. En ese momento lamenté haber bajado a la villa sin las cotas de mallas, pero no pensamos que los hombres de Montfort nos fueran a alcanzar tan pronto. Me saqué la capa y la arremoliné en mi antebrazo izquierdo, viendo de reojo que Iñigo había pensado lo mismo.

De pronto, los dos hombres frente a mí atacaron, uno por cada lado, buscando sorprenderme y terminar conmigo rápidamente. Aparté al de mi izquierda, venciéndome sobre él, y aplastándole sobre la pared del callejón. Su puñal saltó de la mano al tiempo que su cabeza golpeaba contra la pared. Girando rápido, lancé un tajo transversal al otro oponente. Pude notar como la punta del puñal cortaba carne. El malhechor retrocedió y quedó apoyado con su espalda en la pared. Aprovechando que el primer atacante aún estaba conmocionado por el golpeé, me encaré al que había herido y fintando, pude penetrar en su defensa, clavándoos el cuchillo profundamente en su vientre. Al mismo tiempo, sentí un ramalazo de dolor, y sentí como mi contrincante, a la desesperada, me había apuñalado en la pierna derecha. Puse la mano encima y la retiré manchada de sangre. Viendo que el asesino se encontraba despatarrado en el suelo, me giré y encaré al su compañero, que ya venía, cuchillo en alto hacía mí, para clavármelo entre los omoplatos. Levante el brazo y paré su golpe, y estiré el brazo a fondo para alcanzarle en el costado. El sicario se dobló ligeramente sobre si gimiendo de dolor.

Me giré para ver que sucedía delante de mí. Cosme, pegado a la pared, había sacado de debajo de su hábito una cachiporra, con la que lanzaba golpes a derecha e izquierda en semicírculo. Uno de los asaltantes estaba de rodillas en tierra sangrando por el brazo y la pierna. El otro, retrocedía ante el impulso de nuestro buen fraile que, olvidando los votos realizados, juraba y blasfemaba como un pirata, mientras intentar golpear al bandido en la cabeza.

Vi a Iñigo recostado en la pared. Tenía una cuchillada en el costado de la que manaba sangre en abundancia. Un par de tajos en brazos y piernas daban fe de la encarnizada lucha que había mantenido.

Los rufianes, al ver que la emboscada no había resultado como pretendían, huyeron, dejando en el suelo a sus compañeros caídos.

- ¡Cosme! ¡Necesito ayuda! ¿Iñigo esta malherido!

- ¡Por Dios muchacho, cálmate! Déjame mirar que es lo que tiene.

El fraile levantó la sobrevesta y el gambesón de mi amigo. En el costado izquierdo presentaba una herida profunda. Al darle la vuelta, pudo ver que la había traspasado, tal era la fuerza de la cuchillada. Sacando de su alforja, unos paños blancos, taponó los dos agujeros e hizo tiras de lienzo con lo que envolvió las heridas.

- Ha perdido mucha sangre. Corre a la taberna y trae ayuda y una carreta. ¡Pronto!

Obedecí y corrí hasta que no me quedó aire en los pulmones. Abrí la puerta de golpe y, jadeando, pedí socorro a los habituales del local. Estos, al reconocerme como amigo del sacerdote que les ofrecía las misas, se levantaron en grupo y me siguieron. A dos de ellos fueron a buscar una carretilla, les dije donde tenían que acudir.

Cuando llegamos donde se encontraban Cosme e Iñigo, el fraile estaba reanimando a mi amigo, dándole a beber pequeños sorbos de un botellín que llevaba encima. Por la respuesta de Iñigo, sospeché que su contenido era más potente que el agua.

Al llegar la carreta, levantamos a mi amigo, y lo depositamos sobre ella con cuidado. Con el fraile encabezando la compañía, nos desplazamos rápido hacía el castillo. Los guardias de las puertas, viéndonos venir y avisados por los gritos que les dio Cosme, ya las estaban abriendo. Uno de ellos corría ascendiendo por las escaleras para llamar al caballero Ambrossio.

Dejamos a Iñigo en la enfermería con el fraile buscando entre sus pertenencias, los remedios que necesitaba. Me miro.

- Fernando, Tienes que hacer que se quede quito. Voy a coserle la herida para que no pierda más sangre. - Miró a un soldado - Tráeme paños limpios y di que pongan agua a hervir. ¡Rápido!

Comenzó a limpiar y coser las heridas cuando tuvo todo dispuesto. De pronto, comencé a sentirme mareado y sentí que mi visión se oscurecía. Tambaleándome, me giré a Cosme mientras extendía la mano hacía él. Apenas vislumbre como me miraba asustado, y le veía mover los labios gritando a todos los que le rodeaban sin poder escuchar su voz. Las fuerzas me abandonaron y me sumí en una profunda oscuridad mientras me desplomaba sobre el piso.

VEINTICUATRO

Lo primero que ví al abrir los ojos fue la cara de Cosme mirándome fijamente. Lo que voy a narrar ahora, me lo relató él mismo.

Según el fraile, con la tensión que nos supuso las heridas de Iñigo, y la premura en atenderle y trasladarle al castillo, no di importancia a la herida que había sufrido en la pierna. Sólo cuando mi amigo había sido atendido, fui consciente de la pérdida de sangre que había sufrido, y esta fue la causa de mi desmayo.

Había pasado los últimos tres días en un estado de semiinconsciencia, con momentos en los que despertaba farfullando incoherentemente, para caer de nuevo en un sopor calenturiento.

Al terminar Cosme la narración, me sentaron en el catre y pude ver a mi alrededor sin marearme. En un jergón junto al mío se encontraba Iñigo, mirándome con preocupación. Al pie de la cama, Della Fortezza inquieto, se interesaba por mi estado de salud, y comentaba con Cosme los próximos pasos a seguir. Según me dijeron, Iñigo ya podía dar pequeños paseos, que realizaba acompañado del caballero. Mi sanador me aseguró que, si todo seguía como hasta ahora, también podría salir a pasear unos minutos. Esperanzado al oír esas noticias, y viendo a mi amigo más recuperado de la grave herida que le infringió el maleante, volví a caer de nuevo en un sueño, esta vez más tranquilo.

Tres días habían pasado y nos encontrábamos descansando en los jergones, cuando Iñigo me habló quedo.

- Fernando. ¿Estás despierto?

- Sí. – respondí en voz baja - ¿Ha pasado algo?

- Tenemos que hablar. – Calló un momento escuchando. Al no oír nada, continuó- Fernando, tenemos que irnos. Esta emboscada es la prueba de que Montfort nos ha encontrado. De alguna manera, ha sabido hacia donde nos dirigíamos y nos ha esperado. La única ventaja la tenemos en la codicia del propio Montfort. No se atreverá a asaltar el castillo con los soldados de su señorío, porque levantaría sospechas sobre su comportamiento. Él quiere la reliquia sólo para si mismo, por lo que únicamente confiará en un par de sus hombres de armas. Al resto, lo tendrá que buscar entre los maleantes y bandidos que pululan por la zona, y tampoco puede recurrir a muchos, porque podrían volverse contra él.

- Pero aún no estamos lo bastantes fuertes para salir. - Argumenté cansadamente - Hemos perdido mucha sangre, y el viaje a caballo nos debilitará aún más si cabe.

- Bien, entonces descansaremos un par de días más, y sin falta, nos pondremos en marcha. La vigilancia nos hará ir más lentos, y mucho me temo que este no ha sido el último ataque que sufriremos.

Permanecimos en silencio un buen rato, Al mirarlo, pude ver como bolsas oscuras rodeaban sus parpados inferiores. Su cara, macilenta, denotaba el sufrimiento que la misión le ocasionaba. Sabiéndome en las mismas condiciones, intenté animarlo. - Saldremos pues sal sábado, si Dios así lo permite.

- Que Él te escuche, mi buen amigo. Descansemos ahora.

Adormeciéndonos de nuevo, nos dejamos llevar por el cansancio, y el sopor nos envolvió de nuevo en las penumbras, enviándonos unos sueños en los que no faltaban los temores por no poder cumplir con nuestra obligación.

Era domingo. Después de oír a Cosme decir la misa, buscamos a Ambrossio para despedirnos de él.

- Mi buen amigo. - Iñigo le dio un abrazo. - No podemos demorarnos más. Debemos partir lo antes posible, pues aún nos queda mucho trecho por recorrer.

- Pero no os habéis recuperado todavía. - Nos miró intranquilo. - Podríais descansar unos días más, y luego os facilitaré una escolta para que podáis viajar seguros.

- No os preocupéis por nosotros, hermanos. Cosme nos ha facilitado unas cocciones para que recuperemos fuerzas durante el camino. Viajaremos seguros apartados de los caminos habituales, y vigilaremos nuestras espaldas.

- Veo que no os puedo convencer. Si así lo deseáis, marchad en la paz de Dios, Nuestro Señor.

- Que Él os cuide también a vosotros. Nunca os olvidaremos.

Sin más palabras, que aumentasen el dolor que sentíamos por dejar a nuestros amigos, fuimos a los establos. El encargado, había preparado dos yeguas de noble porte, negruzcas ambas, con largas patas y gran alzada, tendría desde la cruz al piso casi seis pies. Las crines, largas y de un negro brillante, resaltaba la longitud de su cuello. Ensilladas y preparadas, Me acerqué a una de ellas, palmeándole el cuello mientras le hablaba suave en la oreja. El noble animal cabeceó sin retirar su quijada de la palma de mi mano.

- Parece que os vais a llevar bien, Fernando. - Comentó sonriente Iñigo.

- Me conformo con que no me tire. Estos caballos de raza árabe suelen buenos para el combate, y robustos por naturaleza. Viajaremos bien.

Coloqué sobre el arnés mi arco y la alijaba llena de flechas. Monté un escudo, y con el pie en el estribo, me impulsé sentándose sobre la silla. Iñigo montó también. Nos despedimos del encargado y fuimos al paso hasta la puerta del castillo. Allí, Cosme, con los ojos humedecidos, nos esperaba para decirnos adiós.

- Bueno, mi buen Cosme, no os vais a poner sentimental ahora. Te sería más propio sacar el garrote y liarte a mamporros con nosotros.

- No creáis que no me faltan ganas. - Sonrió triste - Tened mucho cuidado, y vigilad vuestra espalda. Mucho me temo que el asalto en el pueblo no fue algo casual.

- Iremos con cuidado. Cuidaros Vos también, y cuando tengáis ocasión, elevad alguna prez por nosotros.

Pasaron bajo la puerta y después de pasar el tómbolo de arena, partieron en dirección Sur.

Comenzamos la que debería ser nuestra última etapa del viaje, con la ominosa sensación de estar siendo vigilados. Cabalgamos alternando el trote con el paso, para poder observar si éramos seguidos.

En una o dos ocasiones, nos pareció vislumbrar un brillo sobre colinas cercanas, que bien podrían proceder del reflejo del sol sobre una cota de malla. Por nuestra parte, llevábamos sobre el gambesón, nuestra cota de malla. habíamos optado por una joruca* corta que nos confería más protección sobre los hombros. Complementamos nuestra protección con unas manoplas. No queríamos dejarnos sorprender de nuevo por nuestros enemigos.

El cansancio de nuestras heridas, aún no curadas, hacía que las etapas del viaje fueran cortas. Cuando después de un par de horas, hallábamos algunas casas, nos acercábamos para pedir algo de comida, pagando el sustento con monedas que aceptaban agradecidos.

De esta forma, cabalgamos durante cuatro días hasta que, pasado el mediodía, pudimos ver desde lo alto de una pequeña colina, el que llamaban el monte de la Patà.

Descendiendo de la colina, encontramos al pie de esta, una pequeña cueva. Decidimos pasar allí la noche, porque al amparo de esta, nuestros perseguidores no se podrían acercar a nosotros sin que los oyéramos antes.

* camisote de malla con mangas

Atamos a los caballos y los despojamos de sus sillas. Decidimos no hacer fuego, y después de comer unas tiras de carne y un pedazo de pan, Iñigo se acomodó apoyado en la silla. Me miró y señalando el monte próximo, me preguntó:

- ¿Conoces la historia de ese castillo?

- No. - Respondí - ¿Habías estado tú antes en él?

- Sí. - Tras un momento, continuó - Este castillo fue construido por los árabes, siendo su nombre original, el de Jubayla, que venía de Yebel ó monte en cristiano. Fue destruida en dos ocasiones, antes de entregarlas a manos cristianas. El cerro sobre el que se asienta ha recibido varios nombres cristianos según la época. Se le ha llamado cerro de la cebolla, y al castillo, de Enesa por la batalla que aquí se desarrolló entre las tropas cristianas y las huestes de Zayyan ibn Mardanish.

Después de que el noble castellano Rodrigo Díaz de Vivar, al que llamaban El Cid, nombre que le habían puesto los musulmanes, conquistara Valencia en 1094, los árabes volvieron a tomar la ciudad. Dos siglos después, cuando supieron de las intenciones de nuestro buen rey Jaime, el Primero, de conquistarla de nuevo, para desde aquí preparar el asedio a Valencia, no dudaron en destruirla ellos mismos, volviéndola a levantar los cristianos, conservando la torre albarrana, para usarla hostigando a los enemigos que se acercasen al castillo.

En el año de Nuestro Señor de 1237, terminadas las obras y listos para acometer el asedio a Valencia, nuestro Rey dejó al mando del castillo a su tío Bernat Guillem d´Entença. Cuando Zayyan enfrentó a sus tropas en campo abierto con las de Guillem, parecía que podían ganar el combate y el castillo, pero una argucia planteada por este, disfrazando a parte de la guarnición con todo tipo de banderas y estandartes, hizo pensar al líder musulmán que el rey Jaime llegaba para unirse a la batalla, y huyeron en desbandada.

Gracias a que se pudo conservar el castillo, se preparó el asedio final a la ciudad de Valencia, a la que entonces llamaban los musulmanes Balansiya.

- ¿Estuvisteis vos en la batalla?

- No. Pero mi maestro y mentor en la Orden si estuvo, y me narró cuanto aquí aconteció. - Me miró - Creo, Fernando, que ahora debemos descansar. Estamos ya cerca del final de nuestro viaje, y debemos reponer fuerzas. Esto aún no ha terminado. Haz tú la primera guardia.

Y después de pronunciadas esas palabras, se giró sobre si mismo y, acercándose al fuego, se durmió. Me quedé mirándole la espalda pensando en lo que había dicho. Montfort no había dado señales de vida, pero no se iba a conformar fácilmente, ni renunciar a coger lo que pensaba que le correspondía por derecho. Habría lucha, y estaría preparado.

VEINTICINCO

Se levantaron antes del alba y después de comer algo de pan y queso, apagaron el fuego y ensillaron los caballos. avanzaron buscando el litoral, vigilando por si veían movimientos extraños. Tenían la sensación de ser observados, y no se quitaban la sensación de que, en cualquier momento, podrían ser atacados.

La brisa de Levante levantaba el aroma de los naranjales que atravesaban. El olor a azahar impregnaba el aire y embelesaba los sentidos. Cabalgábamos al paso entre naranjos, viendo a nuestra izquierda el mar, las olas llegando mansas a la orilla. Al fondo, en el horizonte, algunas velas daban fe del trabajo de los pescadores. A nuestra derecha, hacía poniente, se veían las estribaciones montañosas de la serranía.

De pronto, el chasquido de una rama rota nos alertó. Giré la cabeza, y pude ver como de entre los naranjos surgían cinco caballos que se dirigían hasta nosotros. Pusimos los caballos al galope. De repente, oí un zumbido junto a mi oído, y una flecha se clavó con un golpe seco en el tronco de un naranjo. Sin bajar el ritmo del caballo, cogí mi arco y una flecha y girando el tronco, tensé y solté la cuerda sobre el perseguidor más cercano. Ví como el proyectil alcanzaba el cuello del animal. Este, corcoveó arqueando el lomo y tirando a su jinete por encima de la cabeza.

Iñigo, por su parte veía como la distancia con sus perseguidores se reducía poco a poco. Tres jinetes se dirigían a él, mientras que, a mí, después de descabalgar al primero, sólo me seguía uno.

Vestían ropas negras, sin distintivos en sus capas. Iñigo, soltó una jabalina de su silla y girándose, la lanzó con fuerza. La lanza impactó en el pecho del atacante, atravesándolo de lado a lado. Con los brazos en cruz, cayó muerto antes de tocar suelo. Otro jinete seguía lanzando flechas intentando alcanzarnos. Una de ellas, había estado cerca de lograr su objetivo, como lo atestiguaba el rasponazo que mostraba la cota de malla en mi brazo derecho.

Al ver que habíamos derribado a dos enemigos, grité a Iñigo:

- Demos la vuelta ahora, y enfrentémonos a ellos. ¡No tendremos nunca mejor oportunidad que en campo abierto!

Al mismo tiempo, tiramos de las riendas de nuestras monturas y, desenfundando las espadas, nos dirigimos a galope contra nuestros adversarios. Me pareció reconocer a Maxim de Montfort, entre los tres jinetes. Dos de ellos se desviaron hacía Iñigo, mientras el tercero venía derecho a mí. Al cruzarse nuestras monturas, cruzamos las espadas con estrépito. Caracoleando, fuimos golpeando contra el escudo del contrario sin tregua ni cuartel. Un topetazo de los caballos nos tiró a tierra a los dos. Enfrentados de pie, giramos en círculo buscando un hueco por donde atacar. Mi contrincante lanzó un mandoble vertical buscando abrirme el cráneo. Paré el golpe con el escudo en alto, y aprovechando el descubierto de mi oponente, acuchillé profundamente en su costado. Con un gemido, se retiró y protegió tras el escudo. Aproveché para descargar golpe tras golpe y forzarlo a poner rodilla en tierra. Continué golpeando sin parar hasta que mi enemigo cedió la guardia por el ímpetu y fuerza de mis golpes. En ese momento, lancé un tajo a la base del cuello que cortó tela, piel músculos y huesos. Con un estertor agónico, se derrumbó en medio de un charco de sangre.

Busqué a mi alrededor, y vi como los otros dos atacantes arremetían contra Iñigo. Este, se defendía bien, pero el cansancio de las heridas sufridas en Peñíscola, y la intensidad del combate le estaban pasando factura. Sangraba por un par de cortes en el brazo de la espada, y uno muy feo en el muslo. Su enemigo corría peor suerte. Un feo tajo cruzaba su pecho por donde sangraba copiosamente. Una abolladura en el casco demostraba cómo Iñigo le había podido golpear. El de Montfort, giraba alrededor de los dos, buscando atacar a mi amigo cuando le diera la espalda. Con el grito de guerra de la orden, corrí hacia ellos.

- ¡Dieu le Veut! *

Entré en la trifulca sin amagos, arremetiendo contra el de Montfort que, al verme llegar, tornó hacia mi presto a defenderse. Cruzamos aceros y repartimos golpes a diestro y siniestro. Busqué apartarlo de mi Amigo y su oponente, y le encaré finalmente.

* ¡Dios lo quiere!

- ¡Vais a pagar por vuestras felonías! ¡No sois digno de pertenecer a la Orden!

El de Montfort, con el escudo sobre su costado izquierdo, se agazapaba buscando un resquicio por donde atacar. Al retroceder, tropezó con una raíz y cayó. Me abalance sobre él golpeando con furia. Soltó el escudo de su brazo y rodilla en tierra, remolineo con la espada buscando espacio.

Una vez de pie, solté a mi vez el escudo, y a dos manos, comencé a dar mandobles que paraba malamente con una defensa cada vez más floja. Haciendo una finta, simuló golpear por la derecha para, de repente, cambiar la dirección para intentar una estocada frontal. Con un paso lateral, desvié su arma y aprovechando la inercia de mi movimiento, giré en redondo para encontrármelo de cara, atravesándolo con la espalda. Mirándome con odio y estupor, agarró con las manos la espada que le había matado. Un palmo de hoja le sobresalía por la espalda. Con los ojos vidriosos y mirada vacía, se fue derrumbando hasta caer boca arriba, muerto, sobre la tierra, bajo las copas de los naranjos.

Busqué a mi alrededor, y a cincuenta pasos vi a Iñigo con la espada clavada en el suelo. A sus pies, yacía su contrincante. Sus manos se agarraban firmemente al puño del arma, como temiendo caer si se soltaba. Corrí hacia él.

Me asuste cuando le mire a la cara. Su tez, macilenta, sus ojos apagados, mirando sin expresión, como si de dos pozos profundos se tratara. Profundas ojeras circundaban sus párpados. Sangraba de varios cortes en brazos y antebrazos. Un tajo profundo en el muslo derecho hacía manar la sangre que le mojaba la pierna.

Le cogí del brazo y le hice dejarse tumbar en el suelo, al pie de un naranjo.

- ¡Iñigo, por Dios! ¡Respondedme!

Me miró sin hablar. En su sobrevesta, la zona donde le habían herido en Peñíscola volvía a sangrar manchando la ropa. Levanté esta y la cota, y pude ver como el gambesón también estaba empapado de sangre.

- ¡Estaos quieto! ¡Voy a tratar vuestras heridas!

Tenía que hacer algo y rápido. Me levanté y cogí de mi caballo las alforjas y un odre. Al volver, hice un pequeño fuego y puse una escudilla sobre este. La llené de agua y esperé que hirviera.

Saqué de la alforja el material que, ¡bendito sea Cosme!, me había preparado por si hubiera que hacer más curas. Limpié la herida del costado con unos lienzos empapados en agua caliente, y asiendo la aguja, me dispuse a coser de nuevo la herida abierta. Al terminar, vendé la zona bien, y limpié las heridas de los brazos, más superficiales. Cosí también la herida del muslo y la vendé.

Cogí otra escudilla más pequeña y dispuse en ella unas hierbas que el fraile me había preparado. Preparé una cocción y le dí a beber el brebaje a mi amigo. Con un acceso de tos, al principio se negó, pero insistí y finalmente, pude hacerle tragar el contenido del bol.

Al terminar, miré el horizonte y comprendí que no podríamos viajar más hoy. Me acerqué a pie al marjal, cerca de la playa, y corte varias cañas de buen tamaño. Al volver, me puse a atarlas por las puntas para preparar una tienda rudimentaria donde protegerle del relente de la noche, tapando los laterales con nuestras mantas y capas. El fuego le mantendría caliente dentro. Reuní los caballos que estaban desperdigados por la zona. Como buenos corceles de combate, no habían huido, y rumiaban trozos de hierbas que encontraban en el campo. Busqué en sus alforjas cualquier cosa que nos pudiera interesar para acabar el viaje, y los desensillé. Llegué al cadáver del de Montfort. Su bolsa no guardaba mensaje alguno ni referencias a nuestra persecución.

Había tomado una resolución. Al día siguiente, partiríamos a Valencia, dejando atrás toda esta carnicería. Ya se encargarían los agricultores cuando los encontraran, de dar buena cuenta de los cuerpos y animales. No podíamos llevarnos los caballos con nosotros, porqué sería sospechosos viajar con animales de recambio, y quería, en lo posible, eludir dar cualquier tipo de explicación.

Me senté junto a la tienda, comprobé el estado de Iñigo, y me puse a velarlo.

VEINTISEIS

Dos leguas nos separaban sólo de nuestro objetivo, y aún esa distancia, en nuestras condiciones, me parecían por momentos insalvables.

Levanté pronto el campamento, y después de comprobar cómo se encontraba Iñigo, recogí nuestras cosas y ensillé los caballos. Le ayudé a vestirse de nuevo, con la ropa rígida por la sangre seca en ella. No dijo nada. Me miró con ojos apagados y me dejo hacer.

- Vamos, hermano, un último esfuerzo. Ya casi hemos llegado.

Le ayude a montar, y de un salto, subí al mío y me puse a su lado, le coloqué las manos sobre el pomo de la silla y le pedí que las mantuviera ahí. Cogí sus riendas, y al paso, emprendimos la última etapa.

Cabalgamos muy despacio, para no remover sus heridas y que no se abrieran de nuevo. Iñigo miraba al frente, en silencio.

Cuando le preguntaba algo, respondía con monosílabos sin énfasis ni interés,

Poco a poco, me fui ensimismando. Sumido en mis pensamientos, me decía que esta misión, había puesto a prueba nuestros sentimientos por la Orden y sobre las personas. Habíamos incumplido los preceptos principales que profesamos, luchado contra nuestros propios cofrades, e incluso, contra otros cristianos. Habíamos mentido. Si, eso sí, cumpliendo y protegiendo el último mandato de nuestro Gran Maestre, pero el daño y la duda en nuestro interior estaba hecho.

No creía haber obrado mal, había salvado la vida de muchas personas. La tripulación del Aurora bien podía dar fe de ello, pero el sentimiento de pérdida, ese crack interior en mis convicciones, me planteaban dudas sobre el precio a pagar por el cumplimiento del deber, cuando es a costa de tu propia espiritualidad.

Paramos a la hora de viaje, para comprobar si las heridas sangraban. Me alegró comprobar que estas, se mantenían cerradas y no ví sangre a través de los vendajes. Di de beber otro trago del brebaje que había preparado la tarde anterior a Iñigo. Me miró y dijo:

- Gracias, Fernando. Lamento ocasionarte todas estas molestias. Quizás debería quedarme aquí, mientras tú continuas y terminas el mandato.

- No digas eso, amigo mío. Llegaremos juntos, guardaremos la reliquia, y luego podremos descansar.

Sonrió con expresión triste y volvió a mirar al frente. Le miré apenado y volví a montar para emprender el camino.

Los naranjos habían dejado su lugar a campos de arroz, donde los agricultores se afanaban por finalizar su tarea. Pude ve un par de casas de lugareños, estrechas, con sus paredes de adobe encaladas, y sus tejados, de caña entretejida y barro, cayendo a dos aguas en un ángulo marcado. En las puertas, los niños jugaban desnudos mientras las mujeres alimentaban a las gallinas en un pequeño corral a la sombra de una tejavana, sostenida por unos troncos de madera.

Pasaba ya el mediodía, cuando vislumbramos los arrabales de los poblados marítimos. Con un golpe en el ijar de nuestras monturas, encaramos hacía el Oeste buscando el río Turia, junto a las murallas. Durante un largo trecho nos fuimos aproximando a la ciudad que fue cristiana en dos ocasiones, primero conquistada por el llamado Cid El Campeador, y posteriormente por nuestro buen rey Jaime, el Primero. Finalmente, llegamos al Llano del Real, en el lado norte del río, contemplando lo que los musulmanes llamaban Bab Ibn-Sajar o Puerta de la Piedra. Junto a ella, la torre de Ali Bufat que, junto con la barbacana, formaba un impresionante conjunto defensivo. Quedamos los dos montados, contemplando frente a nosotros la espectacularidad de los edificios de nuestra Orden en la ciudad. Iñigo me miró y dijo:

- Permíteme amigo mío, que te cuente lo que sé de esta fortaleza.

Me sorprendió que comenzara a hablar, narrando la historia que a él, le habían referido su mentor, y que ahora os refiero.

El rey Jaime, en agradecimiento por la ayuda prestada en la lucha contra los musulmanes y conquista de Valencia, de los hermanos de la Orden del Temple, nos otorgó, por Real Privilegio el 19 de noviembre de 1238, asentado en el Llibre del Repartiment, lo que ahora estábamos viendo por haber podido ondear sobre la torre el pendón real. Recibimos la fortaleza, la torre y las casas contiguas, así como el derecho de uso y tenencia de un horno, práctica poco habitual en la época. El rey donó a nuestro hermano Guillém de Cardona, maestre en la parte de España y Provenza, todos estos terrenos y sus edificaciones.

Aún recuerdo cuando mi mentor, presente en aquel acto, me recitaba de memoria las palabras que escucho de la propia boca del rey Don Jaime I dirigidas a nuestro hermano:

"nostri fratis venerabilis domus Templi nobis fecistis et facitis cotidie, et fecistis specialiter nec in adquisiciones civitatis et regni Valencia ..."*

Fue desde aquí, Fernando, donde el buen rey vio ondear su pendón sobre la torre, señal de que los habitantes de valencia -que habían pactado con el rey la rendición de la ciudad, para que no fuera saqueada ni destruida- tenían asegurada la rendición de esta. El rey cuando vio ondear la enseña, dijo:

"E nos fom en la rambla, entre'l Reyal e la torre; e quam vim nostra senyera sus en la torre, descavalgam del caval, e endreçam ves orient, e ploram de nostres uyls e besam la terra, per la mercé que déus nos havía feyta"**

---

* "nuestro venerable hermano de la casa del Temple que por nos tanto ha hecho y hace a diario, y especialmente por lo hecho en la adquisición de la ciudad y Reino de Valencia...."

** "Y nosotros en la rambla, entre el Real y la torre, cuando vemos nuestra señera sobre la torre, descabalgamos del caballo, y mirando a oriente, con lágrimas en los ojos, besamos la tierra, por la gracia que Dios nos había hecho"

- Es más, Fernando. El rey nos concedió también la licencia para levantar un horno, el cual se decidió hacer dentro de los muros, en el propio castillo, e incluso, mediante una bula papal, pudimos hacer una iglesia para poder celebrar los oficios. Así pues, nos concedió la torre de Bufat, la puerta, la barbacana, los muros entre ellos, y todas las casas que iban desde estos hasta el portal de la Xerea.

- No conocía la historia que rodea esta ciudad. Tuvo que ser muy importante para nosotros.

- Lo fue, Fernando y lo es. Cuando el rey nos concedió, además de estos terrenos y sus construcciones, la encomienda de Montcada con su alquería incluida, la encomienda de Borriana y el castillo de Xivert, y cincuenta años más tarde, intercambió con la Orden, el castillo de Culla por el de Peñíscola, los templarios hemos logrado disponer del señorío más grande en el reino de Valencia.

- Y ahora Íñigo, ¿qué vamos a hacer?

- Allí, en Peñíscola, Ambrossio me dijo que un antiguo compañero mío, que guerreó en Jerusalén junto a mí, se encuentra ahora en Valencia. Hablaremos con él, y le pediremos alojamiento durante unos días para descansar antes de continuar viaje.

- ¿Y cómo se llama nuestro hermano?

- Miguel de Fortaleny. Veamos si se encuentra ahora aquí.

Se dirigieron a la puerta de la puerta, donde fueron parados por la guardia de la Orden. Cuando el sargento nos inquirió nuestros propósitos, Íñigo les dijo que querían hablar con el hermano Miguel, que fueran a buscarlo, y que él agradecería que les hubiera avisado.

El sargento nos miró, y tras pensarlo unos segundos, mando recado con un soldado al interior. Al rato, aparecieron este, y un templario alto, de casi seis pies de alto, con el pelo muy corto canoso, y la barba también entrecana. De ojos marrones, su mirada penetrante se clavó en nosotros. Al momento, reconoció a Iñigo, y enarcó las cejas exclamando:

- ¡Voto a ....! ¡Pero si sois .....!

Iñigo le sonrió desde su montura. Sus ojos, cansados, brillaban por primera vez en muchos días. Descabalgó despacio, entumecido, y se fundió en un sentido abrazo con el templario. Este, le apretó tan fuerte, que Iñigo soltó el aire bruscamente.

- No habéis perdido la fuerza, Miguel. No puedo respirar.

- Me alegro tanto de veros - el caballero sonreía de oreja a oreja. Sus ojos miraban, ora a Iñigo, ora a mí - Y este joven quien es.

- Ya no tan joven, amigo mío, porque la guerra nos envejece y nos hace madurar deprisa. Os presento a Fernando de Arienzo, hermano nuestro en la Orden del Temple, mi pupilo y amigo. Juntos llevamos los últimos veinte años.

Se encaminaron al interior traspasando la puerta. Iban delante, comentando anécdotas de cuando pelearon juntos en Tierra Santa, y yo les seguía, escuchándolos como rememoraban tiempos antiguos. Caminamos por un sendero empedrado que atravesaba un jardín en el que crecían, altas palmeras cuyas ramas daban sombra a los paseantes. Una pequeña fuente en la orilla ofrecía un murmullo relajante con la caída del agua sobre un pequeño estanque. Miguel, enarcando una ceja, le preguntó a Iñigo.

- Sé que siempre habéis sido discreto, amigo mío, pero os veo la tez, macilenta y demacrada, esas ojeras que mostráis, y no dejo de pensar que os pasa algo. ¿Os puedo ayudar? ¿Estáis enfermo?

- No, Miguel, no. Os conozco hace mucho y sé que puedo fiar de vuestra discreción, tanto como Vos de la mía. Lo que os voy a relatar, no lo podéis comentar con nadie, ni siquiera con vuestros superiores de la Orden.

- Me preocupáis, más tenéis mi palabra de caballero y templario. Nadie sabrá por mí nada de cuanto me digáis.

- Estamos cumpliendo la última encomienda que nos hizo, en persona, nuestro Gran Maestre Guillaume de Beaujeu en San Juan de Acre, antes de perderla para siempre.

Viajamos en secreto, y aun así, hemos sido atacado en varias ocasiones, las dos últimas Peñíscola y junto al castillo de Enesa. De resultas de las heridas que sufrí, no me he recuperado todavía, y si no fuera por Fernando, no estaría aquí contándotelo.

- Pues entonces, lo primero es curar bien las heridas y luego seguiremos conversando. - Me miró - Gracias Fernando, por haber cuidado de mi amigo. Os ayudaré en todo lo que pueda.

Llegamos al edificio principal. Miguel siguió explicando, mientras caminábamos.

- después de la conquista de la ciudad, y la donación del rey, hemos trabajado mucho para dar forma al conjunto que se nos asignó. Seguimos con labores de mampostería y albañilería en este edificio, que será el principal de nuestro señorío.

Atravesamos la puerta de entrada, llegando a un vestíbulo, de forma rectangular, que permitía el acceso a izquierda y derecha, a una serie de cámaras. En ellas, el cuerpo de guardia tenía la armería y la zona de descanso. pasando este, llegamos a un patio con un claustro columnado.

- No nos entretengamos ahora. Vamos a ver al herbolario.

Caminamos por el lado izquierdo del claustro. Al llegar al final de ese lado, antes de girar a la derecha, vimos una puerta entreabierta. En su interior, en una pequeña antesala, un hombre menudo, de tan delgado, esmirriado, con mejillas hundidas y perilla blanquecina, al igual que su cabello, que, sentado frente a una mesa, escribía en un gran libro. Miguel le saludó.

- Mi buen Alqabal. Espero no molestaros con nuestra presencia. Querría presentaros a unos amigos. - Nos miró y continuó - Nuestro boticario es sefardí nacido en Valencia, y un gran conocedor de las propiedades curativas de las plantas. Desde hace tiempo, nos ayuda con los enfermos y heridos. - Miró de nuevo al herbolario - Alqabal, mi amigo está herido. Mucho te agradecería que vieras sus heridas, y las trates.

- Por supuesto, mi Señor. - Nos miró - Acompañadme a la otra habitación.

A su izquierda, conectada con esta, había otra habitación, mucho más amplia, con las paredes cubiertas de estantes llenos de frascos. En su interior, hojas, semillas y líquidos, daban un aspecto colorido al conjunto. Al fondo, un jergón ocupaba el centro de la estancia. Al llegar allí, Alqabal pidió a Iñigo que se desnudase, y se tumbase para ver sus heridas. Así lo hizo, y tras un detenido examen, se volvió y nos explicó:

- La herida más importante, la del costado, está algo inflamada, pero el haberla cosido, y el emplasto que se utilizó ha evitado la infección. Los demás tajos van, poco a poco, siguiendo su curso natural. En conjunto, los síntomas que presenta se deben a la pérdida de sangre y al agotamiento. Recomendaría descanso y caldos. Periódicamente le iré revisando las heridas, si os parece bien. ¿Quién ha curado estas heridas antes?

- Yo - respondí.

- Pues he de deciros que el caballero está vivo gracias a Vos. Si hubierais tardado más en traerlo, no hubiera podido asegurar su recuperación. Voy a comenzar a limpiar el costado ahora mismo.

Miguel nos miró y dijo:

- Quedaos aquí, para que el buen Alqabal puede obrar su arte. Voy a encargarme de prepararos el alojamiento, y luego volveré para que podamos comer algo juntos, y seguir hablando.

Se dio la vuelta, después de mirar con preocupación a Iñigo, y salió de la estancia. Por mi parte, cogí un taburete colocado junto a la pared, lo acerqué al jergón, y me senté para ver cómo le practicaban las curas a mi amigo.

VEINTISIETE

Cuando Miguel regresó a la enfermería, el boticario ya había terminado de curar a Iñigo. Se vistió y, tras despedirnos, seguimos a nuestro anfitrión.

Cruzamos todo el claustro. En la plazuela interior, una bella fuente lanzaba agua por unos surtidores colocados de forma tal, que el líquido componía una figura graciosa. Cuatro pequeños parterres lucían conjuntos florales, con un árbol frutal en el centro de cada uno de ellos.

Cuando llegamos al lado contrario del claustro, penetramos por una puerta que nos condujo al zaguán de la iglesia

- La entrada de la iglesia es independiente del complejo principal, salvo por esta entrada. Esto nos permite dejar a los feligreses, en fiestas señaladas, que puedan acudir a los santos oficios. El rey nos concedió también un pequeño cementerio que hemos ubicado junto a la enfermería. Lo podríais ver desde la ventana de la habitación donde os han curado.

La iglesia se componía de una nave central y dos laterales, separadas por una hilera de columnas. Al fondo, tras el altar, el ábside o cabecera destacaba con un enorme mural de las sagradas escrituras. El transepto, corto, ofrecía un espacio central a la altura del crucero. Mirando a lo alto, el cimborrio coronaba la estructura.

Por detrás del ábside, llegamos a una pequeña puerta que abría a un pasillo, donde se encontraban las celdas de nuestros hermanos templarios.

- Habitualmente no residimos en la casa más de cinco o seis frates juntos. Os he preparado una celda algo más grande, para que podáis estar juntos.

- Agradecemos hermano, tu atención.

- No os preocupéis. Dejad vuestros hatos en la celda, y seguidme. Nadie entrará en ella, os lo aseguro.

Después de acomodarnos, Miguel nos hizo bajar unas escaleras y nos encontramos en el horno, del que me había hablado Iñigo. Era una estancia grande. Una mesa de madera, toscamente fabricada, u con signos de quemaduras, adosada a una pared, tenía encima verduras, frutas y utensilios para cocinar. En un lateral, sobre una tarima, sacos de cereales se hallaban amontonados. Unos anaqueles altos, contenían potes y jarros, rellenos de quién sabe qué.

El horno, ocupaba la parte central de la pared opuesta a la mesa. De matriz cuadrada, el fuego ardía intenso en su interior. Una pila de leños al lado servía para mantenerlo encendido. Las ascuas refulgían como si pedazos de oro se estuvieran derritiendo en su interior. A la izquierda del horno, unos escalones descendían a un nivel inferior. Miguel explicaba:

- Cuando el Mestre Guillem decidió hacer el horno bajo tierra, comenzamos las excavaciones, y nos encontramos que se habían formado grutas naturales en el subsuelo. Acompañadme y os daré una sorpresa. - Intrigados, le seguimos por los escalones, mientras continuaba hablando - El Maestre decidió, y así lo transmitió a sus sucesores, que se aprovechara este espacio natural para construir una sala capitular, donde oficiar los rezos y realizar las iniciaciones de los que profesen nuestra Orden. Sigamos.

Al llegar al último escalón, nos encontramos en un pequeño espacio de seis pasos por lado, De un cesto cogió una tea y la prendió. Nos dio otra a cada uno y continuó caminando.

Ante nosotros se abría un pasillo corto, de unos doce pies de largo, en el que habían reforzado el techo con tres arcos de medio punto. En la clave de cada arco, un baphomet* nos miraba desde lo alto. En las dovelas, a izquierda y derecha, la cruz patada mostraba claramente quienes moraban en el lugar.

Al final del pasillo, giramos a la izquierda y nos quedamos parados, asombrados ante lo que veían nuestros ojos. Una cámara grande, de más de treinta pies de largo y, por lo menos, quince de ancho lucía inmensa, con el alto techo, de piedra natural, con la altura de al menos veinte pies. La sala estaba en obras, como lo atestiguaban los pequeños andamios fijados a las paredes, sobre los cuales, los picapedreros se afanaban en terminar de pulir y fijar losas rectangulares para dar forma al espacio.

* Deidad representada por una imagen antropomórfica, con elementos asociados al cristianismo medieval. En los edificios del Temple se representaba por una cabeza barbada con pequeños cuernos.

El suelo, sin terminar, mostraba algunas losetas ya colocadas. De forma aleatoria, algunas de ellas tenían grabado en bajorrelieve, el Sigillum, con los dos jinetes montados en un mismo caballo.

- Pronto, nuestros albañiles terminaran de revestir el suelo. El maestro cantero tiene a sus mejores artistas grabando los símbolos más significativos de nuestra Orden.

- Como veis, van a colocar algunas losas con el sello de la Orden, y otras, con la silueta del Templo de Salomón. Delante del altar, una losa más grande y alargada, llevará incrustada la inscripción del nombre completo de nuestra hermandad: "Orden de los Pobres Caballeros de Cristo del Templo de Salomón". En las paredes laterales, se alternarán la cruz y el sello de los soldados de Cristo, y entre los grabados, nuestra Baussant.

Miguel nos miraba sonriendo con los ojos, que no con la cara. Nosotros, anonadados todavía por la grandiosidad del espacio, apenas podíamos imaginar cómo sería todo, una vez acabado.

Con una palmada en el hombro de Iñigo, nos dijo:

- Vamos a comer ahora. Tenéis que contadme que os ha pasado en vuestro viaje.

Volvieron a la cocina y se sentaron en la mesa del fondo. Miguel pidió al cocinero una escudilla de carne, y algo de pan y queso. Sirvió agua en tres jarras.

- Decidme ahora que os preocupa. Me preocupa vuestro aspecto Iñigo. ¿Que os há sucedido?

- Esto que os vamos a narrar sólo es para Vos, insisto. Es muy importante que nadie sepa porqué estamos aquí.

- Así será.

- Guillaume de Beaujeu nos confió una misión secreta, como os comentamos. Lamentablemente un hermano del Temple, incumpliendo sus votos y las normas que profesó, nos ha acosado y perseguido. Sabemos cómo obtuvo la información, pero no podemos fiarnos de nadie. Lo de Peñíscola y en Cebolla que os referimos, pueden no ser los últimos ataques que recibamos, pues no sabemos cuánta gente ha mandado tras nosotros, y lo que custodiamos no puede llegar a sus manos. Sólo nosotros dos, y ahora Vos sabéis de nuestro cometido. Necesitamos reponer nuestras fuerzas a fin de llevar a buen puerto la encomienda.

- Y yo no quiero saber tampoco lo que es, me basta con vuestra palabra. Aprovecharemos nuestro conocimiento de antiguo para establecer, ante quien quiera saber algo, que habéis venido a verme, camino de .... Oficialmente, ¿a dónde os dirigís?

- Vamos al reino de Murcia. Sólo permaneceremos aquí dos o tres semanas, si os complace, para recuperarnos de las heridas.

- Estáis en vuestra casa. Podéis permaneced aquí el tiempo que necesitéis, y no dudéis en pedirme ayuda cuando os sea preciso. Ahora comamos y le relataremos al joven Fernando, algunas de nuestras aventuras en Oriente.

Se encontraban en la celda, descansando después de haber compartido un rato agradable con su amigo. Iñigo me confiaba en voz baja.

- Fernando, se me ha ocurrido una cosa. Desconocíamos hasta ahora como se encontraba la edificación. El haber visto lo que va a ser la sala capitular en obras me ha dado una idea. Tardarán por la magnitud de la obra, casi un mes en terminar de losar el suelo y las paredes.

- Creo que estamos pensando en lo mismo.

- Debemos bajar por la noche, cuando las obras estén más avanzadas, y aprovechar para esconder la reliquia en esa sala.

- Si. Tenemos que pensar cuál puede ser el lugar adecuado.

- Entonces, está decidido. Aprovecharemos estos días para recuperarnos. Además, tú podrás recorrer la ciudad. Creo que te gustará, porqué es una de las más bonitas del reino.

Puestos de acuerdo en lo importante, salimos para ir a la enfermería donde el boticario nos esperaba, para hacer las curas a mi amigo.

VEINTIOCHO

Y así lo hicimos. Durante los siguientes días, mientras Iñigo pasaba las mañanas con Alqabal, el boticario, yo me dedicaba a dar paseos por la villa y ha recorres sus rincones. Miguel, preocupado por nuestra seguridad, y conociendo nuestros antecedentes, puso a mi disposición dos soldados, viejos conocidos de él, aguerridos y valientes, que me seguían cuando salía del barrio del Temple sin hacer preguntas.

De esta manera recorrí, atravesando el portal de la Ley, el barrio de la Xerea, conociendo las costumbres y usos de los habitantes del barrio, comerciantes y artesanos en su mayoría. Atravesé las calles, más allá de la antigua mezquita, llegando a la que los cristianos bautizaron como iglesia de la Virgen María.

Los soldados me acompañaban y mostraban los sitios más significativos de cada barrio dentro de los muros. Algunos días, salíamos a los arrabales para curiosear la mercadería que vendían a los pies de las murallas, buscando al mismo tiempo que sombra bajo sus toldos, la seguridad que la guarnición prestaba. No era tarea en balde, pues se conocían de casos en los que bandidos provenientes de la serranía asaltaban los puestos y huían prestos a uña de caballo.

Después de unos días de salir a recorrer las calles, se creó la suficiente confianza con los soldados, como para que me contasen historias de la ciudad. Veteranos curtidos en muchas batallas, agradecían una jarra de vino aguado a media mañana en cualquiera de las tabernas que nos encontrábamos en nuestros paseos.

Conversando con las gentes que habitaban el barrio, me enteré de la gran antigüedad que tenían las murallas de la ciudad. Un erudito al que conocieron en el castillo les dijo que un médico persa, de nombre Al-Razi, había hecho referencia a ellas en un escrito del siglo X. También me comentaron que, en su mayor esplendor, la ciudad se vio amurallada, con siete grandes puertas. Entre ellas, destacaba la puerta de Bab Al-Qantara, llamada por los cristianos, puerta del Puente, porqué un puente que cruzaba el río Turia, separaba la ciudad de la serranía que se veía en dirección Norte. La puerta de la culebra, llamada por los árabes Bab Al-Hanax, cerraba la ciudad en dirección al Oeste. La entrada al Sur estaba protegida por la puerta Bab Baytala, a la que los cristianos llaman Casa de Oración. Por último, la puerta que cerraba la ciudad al Este se denominaba Bab Al-Xaria, o Puerta de la Ley para los cristianos. Esta puerta se encontraba cerca de nuestro barrio, y daba acceso al barrio de la Xerea.

Además de estas, comentaban los soldados que existían otros portones menores, repartidos por distintos puntos de la muralla, como la puerta de la Alcaicería, La puerta del Real o del Temple, que era nuestra, y la puerta de la Hoja o de los catalanes, a la que también llamaban, puerta del Sol.

En franca camaradería, recorrimos pues todos los barrios. Parándonos en las tabernas y comercios, nos contaban anécdotas de la creación de estos, y como la ciudad fue prosperando, coexistiendo musulmanes, cristianos y sefardíes.

Por su parte, Iñigo me contaba que había establecido una buena relación con el boticario. Jocosamente le comentaba que, a plena vista, el beneficio era mutuo, porqué se le veía más lustroso y no tan flaco como cuando le conocimos. Pasaban las mañanas hablando de las propiedades curativas de las hierbas que conocían, y preparando emplastos, mejunjes y brebajes. Las heridas cicatrizaban bien, y podía notar como Iñigo recuperaba sus fuerzas.

Algunas tardes, en el patio junto al cementerio, nos batíamos con espada. Quería comprobar si la fuerza le retornaba y, en efecto, ví con satisfacción como paraba mis golpes con energía para, a continuación, contraatacar con brío.

No descuidábamos nuestro objetivo, y paseando por el interior, comprobábamos el desarrollo de las obras de la sala capitular, y el trajín que se traían los obreros subiendo y bajando las escaleras. A veces, nos quedábamos abajo, sentados sobre un montón de losas, contemplando como ajustaban las piedras, y apreciando la delicadeza con los que los picapedreros labraban los bajorrelieves que luego lucirían hermosos en las paredes y el suelo de la nave.

Dos semanas llevábamos residiendo en la ciudadela. Miguel nos buscaba, cuando sus quehaceres diarios se lo permitían, y nos deleitaba con su compañía contándonos los rumores que corrían por la ciudad. No había detectado movimientos anómalos en el barrio del Temple, ni sabía de la llegada de nuevos forasteros a la ciudad. Veía con agrado, nuestra mejoría y aunque introvertido de carácter, de vez en cuando, nos sorprendía con alguna carcajada ante un comentario que le pillaba desprevenido.

La tercera semana, decidimos, por fin, esconder la reliquia. Habíamos comprobado previamente que el asolamiento del a sala capitular estaba prácticamente acabado, terminando los picapedreros los grabados a cincelar en las losas que conformaban las paredes de la sala.

Esa noche, después de cenar, nos despedimos pronto de Miguel excusándonos por estar cansados, ya que el día había sido intenso. Dos horas pasaban ya desde que concluimos los rezos de completas. Escuchamos con atención. Al no oír ningún ruido en el pasillo, nos levantamos y, con cuidado, salimos y nos desplazamos en dirección a la cocina. Después de bajar los escalones, atravesamos esta, y de nuevo descendimos camino de la sala capitular.

Nos servimos de las antorchas dejadas a pie de los escalones, y tras encenderlas En el fuego, volví a bajar y entregar una de ellas a Iñigo. Este, portando el hato con la reliquia, abrió camino a través del pasillo. Los baphomet nos miraban, como si estuvieran juzgando nuestras acciones.

Al llegar a la sala, iluminada escasamente por la luz que traíamos, nos asombró lo adelantada que estaba la obra. El frontal, ya terminado, recordaba con un fresco la gracia de Dios, Nuestro Señor, que, sobre una nube blanca, y envuelto en luminosos rayos de luz, bendecía a sus fieles seguidores. El altar, de un blanco níveo, iluminaba con luz propia esa parte del habitáculo. Los laterales estaban en la pared izquierda terminados. Pendones con el Baussant colgaban verticales, aumentando la grandiosidad del conjunto. Entre ellos, bajorrelieves del sello de la Orden se alternaban con la cruz patada. El muro de la derecha, incompleto todavía, mostraba vacíos que no tardarían en ocupar los laboriosos picapedreros.

El suelo, ya terminado, era liso, de un gris claro. Algunas losas, repartidas de manera aleatoria, mostraban también símbolos de la Orden. El maestro cantero había dispuesto al pie del altar, una losa, más fina y alargada, en la que se leía el nombre completo de nuestra hermandad. Junto a ella, otra mostraba una leyenda que nos hizo derramar una lagrima. Era el lema de nuestra sagrada Orden, por la que tantas penalidades y sufrimientos habíamos pasado: *"Non nobis, Domine, non nobis, sed Nomini Tuo da gloriam"* *

Vimos en una esquina a la derecha, un mortero con arena. Junto a él, unas jarras de agua y algunas herramientas al pie del andamiaje. Con una barra, levantamos la losa con la inscripción del lema. Arrodillados frente al agujero, limpiamos este de la argamasa y lo ahondamos un poco más con golpes ligeros de escoplo y martillo. Al acabar, Iñigo sacó del hato el bulto que durante tanto tiempo habíamos transportado con grave riesgo de nuestras vidas y lo depositamos con cuidado en el fondo. Le comenté:

- ¿Te parecería bien Iñigo, que pudiéramos verlo una vez, y rezar una oración ante él?

- Iñigo afirmó con la cabeza, y deshaciendo el nudo, abrió el paquete.

* No a nosotros, Señor, no a nosotros, sino a Tu nombre, da la gloria.

Cómo cuando el Gran Maestre nos lo mostró en Acre, de nuevo nos quedamos mudos, sobrecogidos por la emoción. Lágrimas de fervor brotaban de nuestros ojos, iluminados sólo por la visión que teníamos ante nuestra vista.

Rezamos fervorosamente y recogidos un Padrenuestro. Al terminar, extendimos nuestras manos, y rozamos la reliquia. Nos llevamos los dedos a las bocas para besar allí donde la habíamos tocado. Envolviendo de nuevo el bulto, Iñigo colocó sobre una pequeña rodela que había comprado en el mercado. Yo, me levanté, y en el mortero, preparé una masa, que, acercándome al hoyo, vertí en su interior, cubriendo el escudo que protegía el tesoro. Finalmente, colocamos de nuevo la losa en su sitio, y golpeamos suavemente los bordes para ajustarla, sellándola con un poco más de masa. Salvo que un curioso la mirase de cerca, no se apreciaría que había sido manipulada. Revisamos todo y al verlo como estaba, regresamos a la celda.

VEINTINUEVE

Una semana más tarde, Iñigo y yo nos encontramos en el jardín, a la entrada del complejo principal. Nos acercamos a la fuente y durante unos instantes, disfrutamos de la paz y quietud escuchando el murmullo del agua, y la brisa del aire al mover las hojas de los árboles.

- Fernando – Iñigo me miró fijamente – Creo que es el momento de partir, para colocar las pistas que deben conducir, a las personas de fe y virtud, a encontrar, si les es menester, la reliquia. Pero el viaje lo harás solo.

- Pero ... ¡Iñigo!

- Escúchame, amigo mío. La sensación que me produjo anoche, el culminar la orden que nos dio nuestro Gran Maestre, me ha dejado en cierto modo, vacío.

Por cumplir con su mandato, hemos infringido las normas y Regla que juramos respetar al ingresar en el Temple, hemos combatido contra cristianos, hemos mentido, y sí, sé que, de no haberlo hecho, otros inocentes habrían muerto, y el pérfido de Maxim de Montfort habría robado lo que sólo puede pertenecer a la hermandad. Sin embargo, el haber cumplido con mi deber me deja con la sensación de que debo volver a encontrarme. Fernando, me siento cansado. Este viaje ha sido duro y ha exigido de nosotros todo lo que podíamos ofrecer, tanto física como espiritualmente. El hallazgo en Valencia de nuestro amigo Miguel ha supuesto para mí una señal. Aquí, recogido en mis oraciones, y trabajando con los demás hermanos, podré volver a encontrar esa paz interior que necesito. Mi único dolor es no poderte tener junto a mí, pero te toca, hermano, completar la segunda parte de la misión.

He hablado esta mañana con Miguel. Va a poner a tu disposición a seis soldados. Te acompañarán el tiempo que los necesites y obedecerán tus órdenes. Mi sugerencia es que te desplaces al Sur, y, cuando encuentres una villa grande en el reino de Murcia, acampes a las afueras, y te separes del grupo permaneciendo en ella dos o tres días. Luego, retoma el camino del Norte, y dirígete a los lugares que hemos estudiado y convenido. Haz siempre lo mismo. Acampa en los alrededores, y ve tu solo a esconder las pistas. Utiliza las frases crípticas que hemos preparado, y porta pergamino y tinta por si has de cambiar alguna clave, si algo nuevo te obliga a ello.

Tómate todo el tiempo que necesites. Cuando finalices, entrégales un par de bolsas de monedas, para que puedan volver cómodamente aquí. Los soldados, aunque son de confianza y muchos te conocen de este tiempo que hemos convivido, nunca podrán decir, si alguien les sonsaca, que cuando anduvieron al Sur, te separaste de ellos unos días y luego, hacías lo mismo en otras encomiendas o castillos de la Orden. Eso no ofrecerá ninguna pista a quién te busque.

No hemos sabido nada de los secuaces del de Montfort, y conociendo su carácter, no creo que haya quedado ninguno que nos esté buscando ahora mismo.

- Iñigo -Intervine - Podría volver aquí. O incluso quedarme con Vos y Miguel.

- No. Miguel desconoce lo que hemos hecho, pero su discreción le hará no preguntar nunca. Yo quedaré aquí y custodiare que nadie descubra el tesoro de la Orden. No me sacarían, ni bajo tortura la ubicación de la reliquia, y no podré decir nunca donde estás, porque lo desconoceré. Es la mejor opción para preservar el secreto. Ahora, prepara tu viaje. Mañana al alba, estará todo dispuesto para tu partida.

Iñigo me apretó el hombro con la mano cariñosamente y se fue, camino de la enfermería.

Me quedé pasmado y en silencio. Así pues, todo lo que habíamos pasado estos años, las luchas, penurias, dolores y sinsabores que habíamos sufrido juntos, se terminaban aquí y ahora. Desde mañana, viajaría sólo.

Me encamine a nuestra celda para preparar el hato, con las pocas pertenencias que pensaba llevar. Luego tendría tiempo de dar una última vuelta por el barrio y recorrer de nuevo esta bonita ciudad que tanto me había maravillado.

Amanecía cuando cruzaba el portalón y me dirigía a las cuadras para recoger mi caballo. En la puerta, Iñigo y Miguel me esperaban. Al verme llegar, Miguel, enarcando una ceja, dijo:

- Recuerdo el día en que vi aparecer en la guardia a un templario negro, agotado e indeciso, que venía buscando refugio. ¿Que veo salir hoy de nuestra casa?

Sonriendo le respondí:

- Hoy ves, hermano, a un frater templario que se dirige orgulloso a cumplimentar lo que su Gran Maestre le ordenó en su tiempo.

Los dos me miraron de abajo arriba, asintiendo con un gesto. Había guardado mi sobrevesta negra, y lucía orgulloso, por encima de la cota de mallas, una sobrevesta blanca, de un nivel inmaculado, con una gran cruz roja bordada en el pecho.

La noche anterior, tumbado en el jergón, mientras oía dormir a mi compañero, decidí que lo que me quedase de vida, la viviría como un caballero templario, conforme a los votos que tan felizmente realice en Sainte Eulalie de Cenon

Iñigo me contempló y, sin palabras, me abrazó.

- Ten cuidado, Fernando. No bajes la guardia. Rezaremos por ti.

Emocionado, le devolví el abrazo. A su lado, Miguel esperaba.

- Vi llegar a un compañero, y hoy despido a un amigo, a un hermano. Dadme un abrazo, Fernando.

Cuando me separé de ellos, y monté a caballo, las lágrimas pugnaban por salir de mis ojos. para que no se diesen cuenta, me giré y dirigí la montura al portón de la torre.

En el exterior, seis soldados del temple esperaban, montados, mis órdenes. Les saludé con un ligero cabeceo, y levantando la mano, mandé iniciar la marcha pasando por el puente para después, girar a la izquierda para circunvalar las murallas en dirección Sur. La tropa se alineó en columna de a dos. Cuando me giré, vi a mis amigos en la puerta levantando la mano para despedirse. Yo hice lo mismo emocionado. Luego, miré al frente y continúe con la cabeza alta. No sé cuándo terminaría el viaje, pero el tesoro de la Orden quedaría bien guardado y sus pistas escondidas. Sólo aquellos que conocieran y entendieran la Regla y los votos de la Orden, que profesaran el amor a la misma, y entendieran el significado de sus símbolos, podrían encontrar algún día la reliquia más sagrada de los templarios.

EPÍLOGO

La celda estaba sumida en la oscuridad, salvo la tenue luz que aportaba una vela encendida encima de la mesa, cuya llama rielaba por la brisa que penetraba desde el ventanuco del cuarto.

El anciano se encontraba sentado frente a la mesa. Con los dedos de su arrugada mano inflamados por los años, cogió la pluma con la que estaba escribiendo, y la apoyó sobre un montón de vitelas finas y de buena calidad. A su izquierda, un montón de pergaminos mostraba que llevaba escribiendo durante largo tiempo. Estiró la otra mano para mover la palmatoria, y así poder ver con más claridad la vitela sobre la que iba A empezar a escribir.

Tenía el pelo albo casi hasta la altura de los hombros y una barba igualmente luenga y bien arreglada. La cara estaba surcada por multitud de arrugas, signo de los muchos años que había vivido y señales del sufrimiento que había padecido con los años. Una cicatriz vertical descendía desde la sien izquierda hasta la mejilla, recuerdo de alguna batalla no olvidada. Otras cicatrices permanecían escondidas debajo de sus ropajes. Su túnica, en su comienzo de un blanco níveo, mostraba zurcidos y remiendos propios de un uso excesivo. Su color actual se encontraba deslucido por los lavados y maltrato al que la ropa había sido sometida. Sobre el pecho, aún se apreciaba una cruz potenzada, que originalmente fue roja y que permitía apreciar el color, aunque este estuviera desvaído. El aspecto del personaje era más el de un guerrero que el de un monje, lo que contrastaba con las ropas oscuras y el hábito negro que estaban recogidos sobre el jergón. Contemplado el rimero de papeles sobre la mesa, musitó entre labios una plegaria.

- Señor. Dame fuerzas para terminar esta historia, y que, si es encontrada por nuestros hermanos en la Fe, puedan seguir con la misión que me encomendaron hace años. Que el secreto de nuestra sagrada Orden no se pierda en el olvido.

Pensando en cómo continuar con el manuscrito, durante unos momentos, evocó el pasado y mirando al vacío, dejando la mente en blanco, retrocedió en el tiempo, recordando de qué manera transcurrió esta insólita historia.

Evocó la manera cómo, después de esconder y poner a buen recaudo la reliquia de la Orden, Iñigo y él mismo, estuvieron de acuerdo en que habría que dejar las pistas que condujeran al mismo, en lugares que significasen algo para los miembros del Temple.

Con pesar, rememoró como Iñigo le dijo que se quedaría con Miguel de Fortaleny, sintiendo que le había llegado la hora, y también, de qué manera diseñaron el último plan para que no fuera fácil acceder a las pistas.

Su compañero Miguel de Fortaleny me facilitó la compañía de seis hombres de armas, ninguno caballero, para que no pudieran vislumbrar cuál era el objetivo del último viaje. Con ellos, deambulé por tierras de los reinos de Murcia, Aragón,

Castilla y valencia, durmiendo al raso o en casas de lugareños que nos acogían por unas pocas monedas. A veces, encontrábamos comandancias, castillos o encomiendas de la Orden donde poder descansar. Nadie sospecharía jamás cuál era el motivo de nuestros desplazamientos.

Pasó casi un año desde que comencé mi periplo, llegando finalmente hasta aquí. Con anterioridad, cuando la última pista había sido dejada en el lugar elegido, pedí a los soldados que me escoltaban, que volvieran a casa, agradeciéndoles sus atenciones para conmigo. Un par de bolsas bien llenas les aseguraría un retorno cómodo y tranquilo, y a mí, a seguridad de que mantendrían el itinerario en secreto. No obstante, ya me había encargado por mí mismo de acampar siempre alejado del lugar donde me dirigía, y en soledad, culminaba cada etapa de mi peregrinación.

Pienso que elegí bien mi último destino. La abadía se encuentra en un lugar apartado y alto, cerca del cielo. El verde frondoso de la naturaleza salvaje le rodea por doquier, y la paz y el sosiego se sienten antes incluso de llegar a sus puertas. En ella, he sido bien recibido por los monjes. Me han invitado a quedarme con ellos, y el sosiego y tranquilidad que se respira en el lugar, hace que sienta en mi interior que he llegado a mi destino final.

Las noticias sobre la Orden que llegan de cuando en cuando, traídas por los monjes que acuden en busca de paz, no son para nada halagüeñas. Felipe IV, astuta y taimadamente, con el apoyo de su valido, sigue desacreditando a la Orden, buscando quedarse con sus propiedades y dineros. Aunque el

Santo Padre Clemente, se resiste, no tiene el carácter para imponerse, y tarde o temprano cederá ante las presiones de la corte de Francia y nos venderá. Aquí, al Sur, los reyes no se dejan influenciar por las peticiones del taimado monarca para que nos persiga. La Orden ha ayudado, y mucho, a todos ellos en algún momento, para combatir contra los infieles y asegurar la tranquilidad en sus reinos. Me atrevo a aventurar que podría ser este, el último refugio que nuestros hermanos tengan cuando el rey francés incremente su cacería.

Sólo me resta terminar el manuscrito y ocultarlo en el scriptorium. He encontrado un sitio que no será fácil de encontrar. Sólo quién busque la verdad profunda, podrá tropezar con mis memorias.

En esta crónica, he volcado el conocimiento y el sentir de un hombre de Fe. Cuando la complete, siento que puedo pedirle a Dios, Nuestro Señor, que me reciba en su seno, con la tranquilidad de haber dado mi vida para su mejor nombre y gloria. Confiamos en haber conseguido Iñigo de Aretxaga, y yo mismo, Fernando de Arienzo, proteger para siempre el tesoro secreto de los templarios.

Pasada la segunda mitad del siglo XIII, nace en el Condado de Arienzo Fernando, el quinto hijo del Conde. Las crónicas relatan sus aventuras cuando entra al servicio de su mentor, el templario Iñigo de Aretxaga y posteriormente, profesa los votos y se incorpora a la Orden. Su vida transcurre coincidente con el declive y posterior desaparición de la Orden del Temple.

Presentes en la batalla de San Juan de Acre en 1291, reciben el mandato del Gran Maestre de los templarios, Guillaume de Beaujeu, de custodiar y guardar una reliquia que ha estado en posesión de la Orden más de ciento cincuenta años.

Sin embargo, Maxim de Montfort, un templario astuto y codicioso, conocedor de la existencia del tesoro, intenta a todas luces quitárselos, urdiéndo trampas y poniéndolos en peligro constantemente.